I0656304

Contraste insuffisant

NF Z 43-120-14

LE MIDI EN 1815.

I.

LE MIDI EN 1815.

1.

LE

TOURNEUR

DE CHAISES.

PAHIS. — IMPRIMERIE D'AD. MOESSARD,
RUE FUESTEMBERG, 8.

LE MIDI EN 1815.

I.

LE TOURNEUR

DE CHAISES.

PAR C. FEUILLIDE.

PARIS,
HIPPOLYTE SOUVERAIN, ÉDITEUR,
RUE DES BEAUX-ARTS, 3 BIS.

—

1836.

34981

A Armand Carrel. '

Nous sommes bien la nation la plus oublieuse qui soit au monde. Aussi, faisons-nous
la plus effrayante consommation, qui se puisse
imaginer, d'antipathies et d'affections, de fé-
tiches sur les autels, et de cadavres dans les
égouts, modernes gémonies! Cela va si loin

que parfois le fétiche du jour a été le soir même jeté dans l'égoût, d'où le cadavre, jeté la veille, était retiré pour devenir à son tour fétiche sur l'autel. La cause en est que les outrages et les services, le premier moment passé, ne nous trouvent guère plus chauds contre les uns que pour les autres. Les outrages, passe encore, ce peut être grandeur d'âme, quoiqu'avec certaines gens ce soit là un métier de dupes : mais les services! c'est de l'ingratitude bel et bien. Or, l'ingratitude est une prime d'encouragement donnée à l'égoïsme, comme la grandeur d'âme en est une offerte à l'infamie. Cela est triste, mais cela est ainsi.

Il serait bien, toutefois, qu'il en fût autrement.

D'abord, pour faire honte à cette malheureuse opinion, publique pour laquelle on fait tant! Courtisanne exigeante qui, l'hiver, quand souffle la bise, nous fait mettre le nez à l'air, alors que nous aurions si bonne envie de rester au coin du feu, les pieds sur les chenets; et qui, l'été, quand le soleil mord les pavés, nous jette dans la fournaise des places publiques, alors qu'il nous serait si doux de rêver au frais, le long des ruisseaux, à l'ombre des grands arbres. — Egoïste, qui nous commande le sacrifice de nos joies quand elle veut être triste, et met un masque rieur sur nos tristesses quand elle est en gaîté. — Coquette fantasque qui nous appelle, et nous reçoit avec des sifflets quand nous arrivons, et court après d'autres galants, lorsque, pour elle, nous nous cassons le cou en route. — Fanfaronne sans entrailles qui joue avec notre vie qu'elle nous demande, qui n'a point assez de railleries et de dédains si nous la lui refusons, et qui, si nous la lui donnons, quand nous sommes couchés là, une épée au flanc, ou une balle dans la tête, ne fait non plus de cas de nous que d'une chèvre morte, comme disait Pierre de L'Etoile, le naïf chroniqueur de de Paris, au sujet de Catherine de Médicis qui avait fait tant de bruit de son vivant.

Ensuite, ne faut-il pas donner une leçon à tous ces puissans d'un jour, qui se succèdent tour à tour au perchoir de la politique, ou sur les sacs d'écus de la finance. Allez, allez, toutes ces chenilles, bipèdes diaprés d'or et d'azur, ne feraient pas si bon marché de toute réputation de patriotisme, de cœur et d'honneur, et ne nous donneraient point le spectacle effronté de tant d'apostasies cyniques, si, pour leur avenir comme pour leur passé, elles ne comptaient pas sur cette infirme nature oublieuse.

L'heure me semble donc venue de faire preuve de bonne mémoire, aussi bien pour les services que contre les outrages. C'est pour cela, qu'entre deux feuilletons j'ai écrit cette première partie de mes souvenirs d'enfant et de mes études d'historien et de romancier. C'est encore pour cela, mon cher Carrel, que je mets votre nom à la première page. Je trouve en tout ceci le compte d'une double justice : flétrissure pour les hommes d'une époque de

honte et de malheurs, témoignage de chaudes sympathies pour un nom honorable et
que j'aime.

Je prévois des objections.

Et tout d'abord, avec les opinions qu'on
me connaît, celles surtout de notre foi politique, — fort peu obséquieuses de leur nature,
parlant de tout et à tous, le corps droit, la
tête haute, le front couvert, — comment se
fait-il que j'aie offert..., tranchons le mot,
puisque c'est le mot en usage, que j'aie
dédié mon livre à quelqu'un? Une dédicace,
de quelques précautions oratoires, de quelques réticences ou paradoxes ingénieux qu'on
l'enveloppe, n'est-elle point, de son fait seul,
une sorte d'hommage à une supériorité, une
reconnaissance de protectorat?... et si le sens
et la franchise de ces mots blessaient notre
susceptibilité républicaine, on en trouverait
probablement quelqu'autre d'un sens plus
voilé, plus timide, pour exprimer le même
acte, dans le dictionnaire synonymique des

gens de cour, des solliciteurs et autres flagor-
neurs, ayant âme et langage de valets.

La contradiction, vous voyez, paraît grave.

A ce propos, je vous avouerai que je suis
assez de l'avis de nos gouvernans qui accusent
le siècle d'immoralité. Je me permets seulement de ne point la voir, là où ces messieurs
la placent pour l'exploiter. Ils la trouvent dans
le droit de libre examen; je la trouve, moi,
dans le fétichisme de la pensée. Et tenez, par
exemple, — puisque tout récemment c'est
dans l'action de la presse qu'on a trouvé la
nouvelle boîte de Pandore qui répand l'immoralité sur la terre; puisque c'est la presse
seule qui met le monde à mal, et que, sans
la lettre moulée, on n'assassinerait pas depuis
la création, ce qui est démontré par Caïn,
qui lisait les journaux dans le Paradis terres-
tre... — connaissez-vous un livre plus immo-
ral que le Moniteur? N'y avez-vous pas toujours trouvé, par ordre, le lendemain, l'éloge
de ce dont la veille vous y aviez trouvé la flé-

trissure, encore par ordre! Quelle est la pali-
nodie qui n'y a pas été officiellement justifiée,
prônée! qu'il s'agisse d'un ex-pensionnaire de
Fouché, d'un gentilhomme de Bonaparte,
employé à la garde-robe, d'un rédacteur de
notes secrètes, d'un saute-ruisseau devenu
magistrat, d'un goujat devenu ministre, ou
d'un pédant qui, après avoir prêché en chaire
le droit d'insurrection, veut donner les étri-
vières à la France, laquelle les lui rendra, je
vous assure? A quoi voulez-vous que se prenne
une société qui, suivant que les pensions, les
traitemens et les listes civiles changent de noms,
sont rognés ou accrus, voit changer le nom et
le sens des choses? et cela du jour au lendemain, et toujours avec autorisation ou privilége, souvent même sans que le personnel du
pouvoir ait fait la bascule.

Et si nous sortons de cette charge de so-
phiste inamovible pour descendre aux œuvres
de la presse besoigneuse que vomit l'égout des
fonds secrets, — bagne de la pensée! — ce

sera bien autre chose, vraiment ! Il n'y aura
pas une brutalité des estaffiers de la police,
pas une violation flagrante et sans ambages de
quelqu'un de nos droits, pas une confiscation
effrontée ou poltronne de quelqu'une de nos
libertés, pas un coup de tourniquet donné à
quelque article de la constitution pour en faire
sortir un peu d'arbitraire, qui ne trouvent des
échaffaudeurs d'arguties, prêts à les justifier
comme une conséquence de l'esprit de la constitution, comme un modèle de respect pour
la légalité et de la modération du pouvoir qui
a bien voulu ne pas faire feu de toutes ses
pièces.

Pour ce monde-là, grattant aux portes,
courant devant et derrière la livrée ministé-
rielle et princière, la nation qui travaille et
qui vit de ses bras ou de son intelligence, celle
qui paye, et qui, par conséquent, veut savoir
comment on la gouverne, et si on la gouverne
pour son argent, qui prétend que les cochers
du char de l'état doivent le mener où elle veut,

comme elle le veut, et non comme ils veulent et où ils veulent, c'est là une nation mal apprise, mal pensante, factieuse, turbulente, ingouvernable, qu'on ne saurait trop mettre à la gêne, qui doit s'estimer heureuse qu'on lui laisse le droit de toujours payer, qu'on enverrait tout droit au bagne ou dans quelque bonne forteresse d'outre-mer, si l'autre nation n'en devait mourir de faim, et si on avait sans elle de quoi payer les geôliers qui la surveillent, les gardes-chiourmes qui la bâtonnent, les censeurs qui lui coupent la langue, et les écrivains à gages, agens provocateurs qui l'insultent et la baffouent pour que, dans son exaspération, elle se brise le crâne aux barreaux de sa cage, et se jette tête baissée dans le traquenard de l'émeute où on la couche par terre à grands coups de fusil, de pétards et de canon.

Pour ces messieurs, la seule, la véritable nation, celle qui a seule le privilége de la logique, du bon sens et du savoir-vivre, c'est la nation titrée, placée, payée, vivant du budget, de la liste civile et des fonds secrets; nation officielle parquée dans l'*Almanach royal;* matière à ordonnances royales et à décisions ministérielles ! Pour ces messieurs, il n'y a surtout d'honnêtes gens que les sourds, les aveugles, les muets, les Gros-Pierres, les Gros-Jeans, tous les imbécilles, les députés et les gens du milieu qui se tournent toujours du côté où l'on mange, les jugeurs des hautes cours, la noblesse, quand il y en a une, et, quand il n'y en a pas, la bourgeoisie présentable et présentée, les banquiers, les filous de la coulisse et de l'agiot, les conseillers-d'état, les préfets, les mouchards, les gens du roi et messieurs les laquais tenant la plume, traînant le sabre et faisant balle à quarante pas.

Ce n'est pas tout; il faut voir tout ce monde, se souffler au nez l'adulation et l'hommage, se bourrer d'encens à s'enfumer, comme un poisson de Laponie, et de fadeurs à crever, comme le Vert-Vert des nonnains de Gresset. Il n'est

pas une formule d'admiration, d'adoration
que tous ces compères n'aient, à leur usage,
tournée, retournée, usée jusqu'à la corde
comme une vieille souquenille, depuis qu'il y
y a au monde, des listes civiles, des budgets
et des fonds de police. Non, il n'est pas un
cœur de lièvre bien flanqué d'une astuce de
renard, pas une peau de prince servant d'enveloppe à l'âme d'un juif, pas un pipeur de té-
légraphe, un escompteur de pots-de-vin, un
floueur au jeu de bourse, dont on n'ait fait
un homme prudent, un homme habile, un
prince magnanime, un citoyen désintéressé,
un industriel heureux! pas un enfin qui ne se
voie affublé de la vertu contraire au vice qu'il
étale; et cela, je vous prie, publiquement,
quotidiennement, dans des journaux à eux,
en phrases stéréotypées, payées comme celles
des annonces à trente sous la ligne, pour la
plus grande propagation des remèdes secrets
et du papier de sûreté; — invention merveilleuse du reste, à ce qu'on dit, contre toute

rature, surcharge, tache d'encre ou de sang, et toutes autres falsifications à l'usage des malhonnêtes gens, des ministres et des escamoteurs. Brave et digne papier dont, pour ma part, je regrette fort, à ce compte, que nous n'ayons pas connu la vertu plus tôt, et sur lequel, à l'avenir, les peuples feront bien de transcrire les chartes octroyées ou acceptées.

Et avisez-vous un peu de troubler ce chorus de louanges par quelques sifflets, par quelques preuves historiques, même par de simples doutes, timidement lancés pour l'acquit de votre conscience, ou pour votre plus grande instruction, et vous m'en direz des nouvelles! En France, désormais, on pourra tout à l'aise ridiculiser la vertu, baffouer la morale, briser les liens de la famille, douter de l'immortalité de l'âme, et nier Dieu, il n'en coûtera qu'une bagatelle pour cela; mais si vous prouvez qu'à sept contre cinq il y a plus de chance pour l'assassinat judiciaire qu'à huit contre quatre; si vous niez le désintéresse-

ment d'un ministre qui dispense les fonds
secrets, et qui, en moins de cinq ans, ayant
commencé par n'avoir pas de bottes et buvant
dans l'écuelle de Diogène, a fini par avoir
équipages et *villa* ombreuses au penchant des
collines; si vous mettez en question la pro-
bité de nos traitans ayant à bail la hausse et la
baisse des rentes; si vous méprisez un gouvernement qui s'appuie sur la peur et la vénalité;
si vous formulez, même par allusion, l'espoir
de voir ces messieurs retomber sous les pavés
d'où ils sortent; enfin, dans ce monde où
tout change, s'use, se gangrène et meurt, les
pyramides de l'Egypte comme le pourpoint
noir de Scarron, les races royales comme les gé-
nérations de peuples, si — vous osez douter de
la générosité, de la bonté, de la sublimité, de
l'éternité d'un roi et de sa famille; ou seulement, par curiosité naïve, vous inquiéter
de la solidité du bois dont on a fait son trône,
et de la couleur du velours qui le recouvre,
il vous en coûtera quelques vingt ans de dé-

tention, quelques cent mille francs d'amende,
c'est-à-dire votre vie, votre fortune! Ainsi
voilà des gens qui se sont mis au-dessus de la
morale, au-dessus des liens de la société, au-
dessus de Dieu! qui se sont faits Dieux eux-
mêmes! le tout sans doute pour prouver haut
et clair à tout mal-intentionné que le droit de
parler et d'écrire n'est point un guet-à-pens, la
liberté individuelle une dérision, et que la confiscation est abolie.

Mais, depuis qu'il y a au monde des listes
civiles, des courtisans, des valets de plume
gagés pour mentir aux autres et à leur conscience, c'est-à-dire depuis qu'il y a des ministres, et le reste! et que tout cela est person-
nifié dans le substantif *pouvoir*, le Pouvoir ne
s'est jamais trouvé assez garanti par les lois ré-
pressives ou suppressives de toute plainte et
de toute raillerie. N'y avait-il pas encore des
hommes mal pensans, incorrigibles, qui, ne
pouvant parler, murmuraient à travers le bâil-
lon qui leur fermaiet la bouche, et qui, voyez

un peu l'effronterie, osaient rire jusqu'à l'é-
chaffaud inclusivement! Le Pouvoir ne s'est pas
trouvé non plus assez honoré par le fétichisme
agenouillé de ses corporations de valets, dont
les adorations sentent toujours le ruisseau où
elles ramassent l'argent qui nourrit leur enthousiasme. Il s'est mis alors en quête d'adu-
dulations et d'hommages qui pussent avoir un
semblant de désintéressement et de conscience.
Or, dans notre cher pays de France surtout,
il y a concurrence même pour le balayage privilégié des rues et la place de censeur. Il s'est
donc trouvé que, par de là la triple et officielle
rangée des adorateurs du grand Lama, élus du
Moniteur, vivant de la desserte ou des miettes
de ses larges festins, il y avait un concours
empressé, mille fois plus nombreux, de pos-
tulans aux charges de thuriféraires, de glou-
tons et de serviteurs en titre d'office; — fai-
néans, accroupis devant l'auge monarchique,
qui, avec un peu de cœur et de patience, pourraient marcher droits et fermes, avoir de bons

habits de bure ou de camelot, qui ne de-
vraient rien à personne, du pain que Dieu ne
refuse jamais à l'homme libre qui fait œuvre
de ses bras et de sa tête, et qui aiment mieux
ramper sur leurs genoux, porter des draps
fins, cousus de galons que des valets donnent
et reprennent à leurs valets, ronger les restes
des faisans dorés que l'intrigue jette à ceux qui
lui tendent la main, et dépenser pour entrer,
à la longue, dans le chenil des écuries d'Augias
plus d'audace, plus d'esprit, plus d'énergie
qu'il n'en faudrait pour le culbuter dans ses
immondices et le balayer à jamais.

Voyant tant de monde si âpre à la curée,
même en espérance! le Pouvoir comprit bien
vite qu'il avait trouvé l'affaire qui lui tenait au
cœur. Il eut ses émissaires qui se répandirent
dans cette foule béante, et qui, sans avoir l'air
de penser à mal, glissèrent habilement aux
oreilles, sous apparence de conseil, comme simple conversation, quelques mots indirects sur
les moyens dont on pouvait mettre en œuvre

les dons de Dieu pour attirer sur soi quelques gouttes de la rosée de cour. Et vite, la foule de se mettre en besogne : ce furent des *hozanna* sans fin, à faire pâlir ceux que les Trônes et les Dominations chantent éternellement devant le Saint des Saints. Il n'y eut pas d'aligneur de douze syllabes, ce qu'on appelle un poète ; — pas de broyeur d'ocre jaune et de bleu d'outre-mer, ce qu'on appelle un peintre ; — pas d'arrangeur de rois, de dames, de valets en cinq petits paquets comme au jeu de *brelan*, ce qu'on appelle un auteur dramatique ; — point de mouleur de face humaine avec de la boue et du crachat, ce qu'on appelle un statuaire, qui, son œuvre à la main, ne l'allât colporter et offrir tout le long des grilles dorées, derrière lesquelles le Pouvoir, dans toute sa majesté, se prélasse, boit, mange et digère. Les plus osés s'adressaient à la Majesté même qui, entre deux bouchées et deux baillemens, acceptait et payait avec un *regard auguste, un sourire auguste, une poignée de main auguste,*

2*

enfin tout ce qui se peut trouver d'auguste en si bon lieu. Mais, comme, à cette éternelle occupation de recevoir tant de choses, le personnel du pouvoir serait mort de faim et d'insomnie, il se permit quelquefois de ronfler pendant la harangue, et de tourner le dos quand on tendait la main. Il y eut de bonnes gens qui firent la folie d'en dessécher sur pied: Jean Racine en mourut !

Alors la flagornerie solliciteuse descendit d'un échelon. Elle encensa, elle adora, elle bourra de chef-d'œuvres écrits, moulés, taillés, les boudoirs des reines, les bureaux des princes, les toilettes des maîtresses royales et le reste !

A son tour, cet échelon se rompit. On s'accrocha aux ministres, aux gentilshommes de garde-robe, aux dames d'atour, aux berceuses, aux remueuses des fils et filles des reines : c'était pitié !!! Une œuvre ne pouvait arriver au jour si elle ne portait au frontispice quelqu'un de ces stygmates de dépendance : à Sa Majesté le Roi, à Sa Majesté la Reine, à Son Altesse royale par-ci, à Son Altesse sérénissime par-là, à Son Eminence, à Son Excellence, à Sa Grandeur, à Monseigneur le Grand Veneur, le Grand Maître des Cérémonies, le Grand Chambellan, le Grand..... quoi encore ?... car à la cour tout est grand, jusqu'aux marmitons.

Mais à leur tour, ces messieurs et ces dames laissèrent tomber tant de belles choses à l'antichambre et à l'office qui les partagèrent gracieusement avec messieurs les receveurs des gabelles et les gens de finance. Turcaret ouvrit ses salons, Turcaret donna à souper, Turcaret eut son philosophe à lui, son poète à lui, son peintre à lui, qui ne dissertait, ne chantait et ne peignait que pour Turcaret. Et quand on vit que les poètes et les artistes ne suffisaient plus à tant de consommation, ce fut le tour des maçons, des fondeurs de cloches, et des conseils municipaux, grands copistes de circulaires de condoléance et d'adresses de félicitation. Gens de cour et de finance se mirent à poser des premières pierres de monument avec leurs noms dans le plus bas des fondations. Des reines et des filles de joie tinrent sur les fonds baptismaux des carillons entiers de cathédrales ; et leur donnèrent leur nom. J'ai vu en branle une cloche qui s'appelait la Dubarry ! Que si quelque valet de cour ou quelque ministre par trop méprisé ne voyait point, ne trouvait point de thuriféraire qui lui apportât une part volontaire de l'encens et de l'immortalité qu'on jetait au nez du premier venu, n'ayez peur qu'il se soit passé pour cela d'encens et d'immortalité. Voyez M. Thiers, votre illustre, votre excellent ami : par un graveur qui a osé y consentir, il a fait buriner son nom au talon de la botte de Napoléon sur la colonne.

Que vous en semble ? ne trouvez-vous point comme moi que la plus grande part de l'immoralité tant reprochée à notre époque, revient de droit à cette longue et misérable succession de révérences toujours faites au Pou-

voir, quelqu'il soit, quelques changemens
qu'il subisse, d'où qu'il vienne, où qu'il aille?
Là, quelles belles leçons de morale voulez-
vous tirer d'une nation, ainsi faite qu'elle se
transmet de génération en génération l'habitude de ne rien vouloir, de ne rien pouvoir,
de ne rien voir, de ne rien connaître par elle
seule, pour elle seule? Que faire d'un peuple
qui nourrit des dynasties de solliciteurs, de
mendians titrés, qui s'arrogent le privilége exclusif de ne rien faire qui n'ait pour but d'être
éternellement sous la main, sous la dépendance
de tout ce qui constitue la puissance; de se
raccrocher incessamment à chacun des anneaux, quels qu'ils soient, de cette immense
chaîne qui, dans ses mille replis enlace, ga-
rotte, étrangle la pauvre humanité, dont les
premiers anneaux touchent au trône quand
les derniers traînent dans la prostitution : prostitution de l'âme, de l'intelligence, du talent
et du corps? encore même est-il des heures où
cette chaîne se tord, se replie si bien sur elle-

même qu'on ne sait plus si la tête n'est point
la queue, si la queue n'est point la tête.

N'est-ce donc pas la plus abjecte immoralité d'avoir la conscience qu'il n'a jamais existé
un Pouvoir qui, dans toute la hiérarchie du
personnel qui le constitue, dans toute la série
de faits qui en attestent la marche, n'ait été
encensé, adoré, complimenté, encouragé
dans ses œuvres? honnête homme ou fripon!
hypocrite ou brutal! parlant à genoux aux
étrangers ou le chapeau sur l'oreille et la main
sur l'épée! poussant vers l'avenir le char de la
raison ou le roulant dans les cachots pour
que l'humidité le rouille, et coupant court au
progrès en place de Grève! Est-il un prince
qui n'ait été loué pour ses vices aussi bien que
pour ses vertus, et encore plus à l'endroit de
ses vices? Et tenez, la maison d'Orléans, au
temps où elle nous donnait la régence, l'ignoble régence, — c'est-à-dire, les roués, les filles de joie, le vol et l'inceste, — n'a-t-elle pas
eu des poètes qui la chantaient, des spadassins

qui la servaient et des magistrats qui transfor-
maient en bons arrêts ses caprices et ses filou-
teries ? Et aux beaux jours de 89, n'y eût-il
pas des valets titrés, des orateurs payés, et
des faubourgs pris de vin qui la proclamèrent
bonne à mettre sur le trône, et pourtant elle
avait mis au monde, elle avait pour chef Phi-
lippe-Egalité, — c'est-à-dire les passions brutales dans tout leur cynisme effronté, les vices
au degré le plus bas possible d'abjection cra-
puleuse? Naguère enfin, en plaine chambre-
haute, n'a-t-on pas trouvé des mains de vieil-
lards, que la mort attendait à la porte, toutes
prêtes à tresser des couronnes civiques pour
les insolens bouchers de chair humaine qui ont
traité Lyon comme une ville prise d'assaut en
pays conquis, et qui ont fait de la rue Trans-
nonain une succursale de la Morgue?

Voilà où est l'immoralité! Oh! l'immoralité
qui fait qu'en se voilant le front, on doit se
promener sept fois autour des murs de Ninive
en criant : Malheur! malheur!!! Voilà la plaie

honteuse où il faudrait porter le feu, parce que c'est elle qui fait, d'une partie de la nation, une nation de laquais et de porte-queues. Oh! pour leur apprendre à lécher toujours la main qui les fouaille, qu'ils mériteraient bien qu'on les soumît une bonne fois au régime de la schlague et du knout. Mais c'est qu'en vérité ils l'appellent à grands cris! et ils en seraient fiers encore! Et, parbleu, je le crois bien; ils ne sont pas dégoûtés. La schlague, le knout, à vous, messieurs?.. Allons, allons, propos de faquins qui se vantent. La schlague, le knout ne sont faits que pour les peuples jeunes, les peuples forts. Mais vous, vieux, et courbés, et atrophiés que vous êtes, vous mourriez au premier coup. Non, non, on ne vous fera pas l'honneur de vous rendre le despotisme pur, celui qui coupait l'arbre au pied pour cueillir le fruit; on laissera l'arbre debout, vous le soignerez, et annuellement on fera ronger le fruit par les chenilles.

Heureusement, en dehors de cette nation

officielle, parquée au *Moniteur*, où on lui
jette sa curée, et de celle qui gratte à la porte,
attendant son tour; en dehors aussi de cette
autre nation égoïste et lâche, qui dit : celui-ci
est d'une classe, et moi je suis d'une autre
classe, ce qui se fait contre lui ne me regarde
pas! —il en est une autre, jeune, forte, stu-
dieuse, et sachant vivre de peu. Celle-là mour-
rait de faim devant les tables somptueuses de
la prostitution et de la vénalité, plutôt que
d'y porter une main complice le jour même où
Dieu aurait refusé à ses bras et à son intelligence le pain qui la nourrit. Brave et digne
génération, qui aborde toutes les questions,
commente tous les faits, s'émeut de toutes les
joies et de toutes les tristesses de l'âme, se
passionne pour tout ce qui est beau et bon, ne
trouve rien de si élevé qui ne soit à sa taille!
Peuple plein de foi et de force, qui met son
courage au service de ses convictions, et sa
tête dans tous les enjeux où il y a un peu de
gloire à recueillir, un peu de liberté à gagner,

quelque misère à consoler, quelque vérité à répandre. Eh bien! cette nation-là fera ce pourquoi elle est venue.

Je sais qu'on se fera lourd à son bras pour arrêter sa marche, qu'on se glissera à travers ses jambes pour la faire trébucher; on remettra à neuf, pour les lui jeter, bien des vieux langes qu'elle aura secoués et rompus, on la décimera, on la traquera, on la déportera, on lui courra sus comme à des bêtes fauves, et la lutte sera longue, acharnée; mais elle étouffera l'autre nation, la nation qui fait la révérence, qui sert, qui veut servir, qui meurt si elle ne sert..., ou bien elle en sera étouffée..., mais alors les temps seront accomplis. Le fils de Dieu pourra venir juger les nations, car les nations seront couchées dans le tombeau. Il ne restera plus debout que le Pouvoir et ses valets, Rome sans ses citoyens, et seule avec ses esclaves. Or, comme il ne peut pas plus exister des nations de valets que des légions de tigres, le monde sera fini.

Moi qui suis venu au jour, je crois, ayant au cœur le mépris et la haine de toute race flagornante et de toute aristocratie, celle de la tourelle comme celle du pignon sur rue, celle du blason comme celle de l'enseigne, celle du parchemin comme celle du compte-courant, j'ai pensé qu'entre mille autres moyens, dont à l'occasion vous savez que je ne me fais faute, il y en aurait un assez bon de combattre l'immoralité de l'admiration qui a toujours la face tournée et prosternée devant le Pouvoir. C'est celui que je mets en usage à cette heure. C'est le système homœopatique, la guérison par les semblables; et, pour l'obtenir, je n'ai pas cru que ce fût trop de sacrifier un peu de sa roideur et de son individualité, et de effacer un peu, pour faire arriver le plein soleil à un autre.

Je me suis dit : Les valets, et les valets des valets ne trouvent rien de beau, rien de magnifique, rien de bon que le Pouvoir et ce qui tient au Pouvoir, ne fut-ce que par le pourpoint, et même par une partie du contenu du pourpoint. Et hors de là, les valets des valets, ne trouvent que perturbation, immoralité, anarchie!! Et ils adorent le Pouvoir, et ils se roulent à ses pieds, et ils sont à lui corps, âme et intelligence; et tout ce qui n'est pas le Pouvoir, ils l'insultent, l'emprisonnent, le ruinent, le couchent en joue, le tuent par eux-mêmes, ou par leurs gens, au bois de Boulogne ou dans les rues? Eh bien! en retour, que les hommes de cœur, de liberté et d'indépendance, proclament haut et clair que rien n'est beau, magnifique et bon comme le cœur, l'indépendance et le talent; que, hors de là, il n'y a que bassesse, vénalité, prostitution et fange, tout cela fût-il doublé de parchemins, blasonné de titres, chamarré de rubans, cousu d'or et de coupons de rentes! Que désormais, sans descendre à l'abject et dégradant fétichisme des indous du Pouvoir, ils rendent courageusement hommage à l'homme de cœur, de talent et d'indépendance, et

que tout ce qui n'est pas cela soit toisé des
pieds à la tête, mis par un regard au niveau
du pavé, et n'obtienne ni salut, ni serrement
de main !

Le Pouvoir, par des pensions, des croix et
des places, chauffe le feu de ses adorateurs,
de ses serviteurs qui, pour lui, bravent les bor-
dées du *Corsaire*, le carillon de nos amis, les
trois hommes d'état du *Charivari*, les spiri-
tuelles et poignantes charges du crayon acéré
de la *Caricature*, cette moderne statue de Pas-
quin que la machine Fieschi vient de renver-
ser, et qu'au plus fort de son mutisme, la
Rome des papes conserva toujours bavarde,
moqueuse et vengeresse ? Eh bien ! que les témoignages publics de toutes les sympathies
généreuses et libres aillent à leur tour récom-
penser, honorer, consoler ceux qui souffrent,
ceux qui combattent pour la cause de toutes
les pensées nobles et généreuses.

Allons, à l'œuvre ! que le monde ne soit
plus coupé qu'en deux, et que tous les élé-

méns homogènes se rassemblent. Aux maîtres, les valets et les adorations payées; aux hommes de cœur et d'indépendance, l'homme de cœur et d'indépendauce, et les témoignages spontanés et libres d'estime, la tête haute comme le cœur; à Robert Macaire, son compère Bertrand; à Wasington, Lafayette; à vous, moi et les nôtres.

Vous savez maintenant, mon cher Carrel, pourquoi je vous envoie mon livre. Je sais, moi, que, par une admirable exigence de la position que vous vous êtes faite, il ne dépend plus de vous de ne le point accepter aux titres qu'il vous est offert.

C. FEUILLIDE.

LE TOURNEUR DE CHAISES.

I.

UN ÉCHAPPÉ DE COLLÈGE.

———

C'était le 15 août, jour de la fête de la Vierge.

Le soleil dardait d'aplomb sur Toulouse. Brisés à la pointe des cailloux aigus et tranchans dont la ville est pavée, ses rayons rebondissaient comme un corps élastique, pour se

1.   3.

condenser en chaude et scintillante vapeur; on
eût dit les exhalaisons d'une fournaise qui
bouillonnait au-dessous. Dans la rue des Pollinaires, étroite et tortueuse pourtant, on n'eût
pu trouver un pouce d'ombre sous les toits en
saillie, pas même au pied de la tour carrée de
l'église de la Dalbade, — lourd et massif clocher qui semble clore cette rue à son extrémité occidentale, et être placé là comme un
géant de brique et de granit, pour l'abriter des
autans et du soleil du midi.

Aussi est-ce pour cette rue l'heure où, ainsi
que dans les villes espagnoles, même les jours
de travail, vous ne verriez pas aux fenêtres
une jalousie levée, pas une porte ou une boutique grande ouverte, pas une de ces sémillan-
tes grisettes, à la coiffe de batiste brodée, et re-
levée au sommet en cimier de casque romain,
qui, assises et se balançant sur le seuil de leur
porte, au mouvement de la mesure, alternent,
d'une maison à l'autre, avec quelque fille du
voisinage, les couplets d'une chanson. Sur

le Rialto, les mariniers, frappant la mer en cadence, se renvoyaient ainsi les vers du Tasse.

Non, pas une oreille aux écoutes, pas un œil aux aguets, pas une voix causeuse sous le soleil; amour, gaieté, repos, souffrance, toute la vie s'est repliée à l'intérieur devant la chaleur de midi, de même que le sang reflue au cœur quand le froid gagne les extrémités. La rue est déserte et muette, et l'heure de midi est pour elle ce que l'heure de minuit est pour les villes du Nord : l'heure des rendez-vous d'amour.

Or, ce jour-là, le 15 août 1815, à cette heure de midi, la rue des Pollinaires était encore plus déserte, encore moins indiscrète que de coutume; non que le soleil mordît davantage la pointe de ses petits cailloux, mais c'était un grand jour de fête. Les cloches, lancées à la volée dans la tour de la Dalbade, annonçaient que les vêpres, à cause de la procession du vœu de Louis XIII, qui devait les suivre, seraient chantées plus tôt qu'à l'ordinaire; aussi, la toilette des dimanches et fêtes réclamait-elle trop d'activité dans l'intérieur des maisons, pour que, par indiscrétion ou passe-temps, les curieux ou les badauds pussent songer à s'inquiéter des mystères du dehors.

Cependant, vers le milieu de la rue, au deuxième étage d'une maison appartenant au menuisier Gatimel, un bon et digne artisan, il y avait un enfant de quinze ans, un véritable échappé de collège, bien ignorant, mais bien instinctif de la vie, et qui, à chaque instant, pour l'apprendre ou l'essayer loin de l'œil maternel, se soulevait sur ses pieds comme un oiseau qui sent ses ailes.

Gabriel, depuis trois jours, cherchait, avec une persistante avidité, à débrouiller dans sa petite tête une intrigue qui se nouait au premier étage. Sa pénétration lui en avait fait saisir les premiers fils, mais son inexpérience les avait rompus en vingt endroits. Il allait, il

venait, il montait, il descendait ; c'était une
activité, une préoccupation incessante, qu'un
intérêt de curiosité seul ne suffisait déjà plus
à expliquer, mais dont sa famille, sa mère
surtout, se refusait à s'avouer la cause, —
trop véritable cependant !

Mon Dieu, oui ! le pauvre Gabriel était jaloux, et il s'en cachait peu quoiqu'il ne sût
point au juste s'il était pris du mal d'amour.

Mais, Hélène le rencontrait si souvent, et
presque à heure dite sur l'escalier ; mais le
voyant si prompt et si réfléchi, si rose, et tout
à coup si pâle, elle avait attaché sur lui des
regards si longs et si doux, et où se laissait
lire tout un long rêve ; sa bouche était si humide quand elle lui souriait, et ses doigts
s'étaient tant de fois et si nonchalamment ou-
bliés dans les cheveux de Gabriel, quand elle
le baisait au front ; mais ses mains étaient si
douces et si parfumées quand elle lui caressait
les joues ; ses petits pieds, enfermés dans de

tout petits souliers de satin, s'ajustaient si
gracieusement, sous une robe courte, à une
jambe dont le fil d'Ecosse arrondissait si mol-
lement les contours; mais Hélène était si habile
à trouver des prétextes pour l'appeler auprès
d'elle à certaines heures, et alors ses intimes
causeries révélaient au pauvre Gabriel un
monde d'idées si nouveau; quand venait le
soir, quand la brise fraîchissait, elle se plaisait
tant à errer avec lui sous les larges feuilles des
platanes qui longent le canal du Languedoc,
entre le pont des Demoiselles et le pont Guil-
lemery; puis, au retour, quand la ville dor-
mait, plus pensifs tous deux, penchés l'un vers
l'autre, debout comme un groupe de cariathi-
des, ils laissaient si langoureusement aller leurs
pensées aux vibrantes harmonies de ces cœurs
ambulans qui, dans les nuits étoilées de l'été,
font de Toulouse la ville aux mille concerts...
qu'à se voir ainsi l'objet d'une préférence qu'on
lui eût enviée, et, malgré la différence des âges,
Gabriel pouvait bien éprouver un mouvement

d'orgueil et de joie, et , redressant la tête, dire
à ceux qui le voyaient passer :

« Je ne suis plus un enfant! »

Mais, à d'autres heures, Hélène interrompait
avec une si désespérante régularité les folles
et tendres causeries ; mais avec ce mot : « Va-
t'en! va-t'en! » jeté brusquement deux fois,
avec du trouble dans les yeux et dans la voix,
elle avait tant de fois rappelé sur terre les eni-
vrantes extases où l'enfant s'égarait ; mais,
lorsqu'éconduit de la sorte il retournait lentement chez sa mère, il était si affligé, lui, d'entendre le bruit des pas qui montaient le premier
étage ; s'arrêtant alors, et, penché sur la rampe,
retenant son haleine pour écouter, espérant
vaguement qu'on dépasserait la porte regret-
tée, il avait vu si souvent un homme toujours
le même , entrer dans la chambre de la belle
fille ; mais dans ses lointaines et rêveuses promenades, au clair de la lune, le hasard tant
de fois amenait si obstinément ce même homme
auprès d'Hélène, et alors les sourires, les re-

gards, les propos tendres ou rieurs étaient si
ouvertement arrangés pour le nouveau-venu...
que Gabriel boudeur, et souriant avec amertume, se disait aussi :

« L'on me traite en enfant! »

Enfant, en vérité, qui, sans en savoir le
nom, subissait tour à tour les illusions et les
désenchantemens du cœur, et qui, s'étiolant
si vîte, s'exposait, lorsque ces noms lui seraient
révélés, à ne plus éprouver pour les mettre au-
dessus, les sensations qu'ils expriment! Véritable enfant de ce misérable siècle avec lequel
il était né! Pauvre petit, chez qui le cœur avait
été plus vîte que l'intelligence, et dont les sens
étaient plus avancés que la langue et la gram-
maire!

— Mais sa mère? — Sa mère s'en inquiétait
peu! C'est que bonne et pieuse femme, ne sachant des orages et des passions du monde que
le bruit qui lui en revenait dans les médisantes
causeries, sous le porche, en sortant de l'église,
ou dans les confréries de la Vierge et du Ro-

saire, elle avait foi dans cette enfance de quatorze ans, qui aurait dû précisément exciter
ses défiances ; foi surtout dans la raison présu-
mée des vingt-deux ans d'Hélène. A pareille
distance dans la vie, l'intimité de ces deux âges
ne lui paraissait ni sérieuse ni alarmante. Bonne
et aveugle mère !

Toutefois, Gabriel ne savait trop ce qu'il devait repousser ou croire, placé qu'il était, tour
à tour et selon les heures, entre les témoignages
d'une vive affection qui élevaïent très-haut en
lui l'idée de son petit mérite, et les airs lestes
et dégagés d'une inattention qui, des hauteurs
de sa fatuité d'enfant, le ramenait si cavalièrement à la réalité de sa mince importance.

Or, depuis trois jours, Hélène ne prodiguait
que le sans-façon de ces témoignages d'inattention ; Gabriel était reçu plus rarement les
va-t'en ! va-t'en ! étaient plus souvent répétés,
à des heures non usitées, et avec toute la vivacité de l'impatience. Que de fois, alors, il était
venu, le corps en avant, sur la pointe des

pieds, assourdissant ses pas, écouter à la porte d'Hélène! et que de fois il avait, avec stupeur, entendu la voix qui n'était pas la voix accoutumée! L'impatience excitant son audace, bien souvent il avait frappé; la voix se taisait, mais la porte ne s'ouvrait pas pour lui.

Pareille chose venait de lui arriver le 15 août, et il remonta chez lui, le dépit dans le cœur, mais bien décidé à ne pas demeurer plus long-temps sans savoir à quoi s'en tenir sur le personnage qui, depuis trois jours, était venu déranger ainsi sa vie, et, en doublant ses heures d'exil, embrouiller davantage le réseau de ses incertitudes.

Il s'était mis à la fenêtre pour le voir sortir et pour le suivre ensuite, cet homme maudit, — pensant bien que l'heure, à laquelle il était congédié lui-même autrefois, serait aussi celle du renvoi de ce nouveau visiteur, pour laisser le champ libre à celui qui avait, sur les deux derniers venus la priorité de droits.

Vainement, par sollicitude, et plus encore peut-être par la crainte d'arriver tard aux saints offices où elle voulait l'emmener, la mère de Gabriel ne cessait de gourmander son fils de ce qu'il demeurait ainsi, tête nue, les jalousies levées, sous un soleil de trente degrés ; elle ajoutait, mais vainement plus bas, que le premier coup de vêpres était déjà sonné. Gabriel avait d'abord répondu avec assez de douceur, il avait amicalement couru vers sa mère, et même l'avait embrassée, mais il était retourné à la fenêtre; harcelé bientôt plus vivement, il avait, en se retournant, jeté à la hâte quelques réponses brusques, mais il ne s'était pas retiré d'un pas ; ensuite, frappant du pied, il n'avait pas seulement tourné la tête, et avait, entre les dents, murmuré quelque grosse interjection; enfin, il ne fit pas plus attention aux paroles de sa mère que si elles ne s'adressaient pas à lui... Il ne les entendait peut-être plus. Cramponné à la fenêtre, l'œil fixe, le cou tendu, il avait

le corps penché en avant dans la rue, comme
s'il allait se précipiter : c'est que le bruit de la
porte de la maison, que l'on ouvrait cependant
avec précaution, venait de monter jusqu'à lui.
Soudain Gabriel se rejeta en arrière, et, tournant sur lui-même, il traversa l'appartement
au pas de course, glissa comme une ombre devant sa mère ébahie, et, se jetant dans l'escalier, en descendit les degrés quatre à quatre.

II.

MAITRE PIERRE.

———

Du seuil de la porte ainsi ouverte avec précaution, un homme venait de s'élancer d'un
bond tellement précipité, que si, à ce bruit,
quelques curieux étaient accourus à la fenêtre,
ils eussent été fort empêchés de désigner la

maison d'où sortait cet homme qui apparaissait tout à coup au milieu de la rue , seul,
sans la moindre altération au visage, sans le
plus léger signe de préoccupation.

Toutefois, si la curiosité ne s'était point
bornée à ce premier examen, elle eût bientôt
trouvé de quoi se satisfaire. A une fenêtre
du premier étage de la maison Gatimel, une
petite main blanche et potelée écarta , en les
soulevant, les lattes d'une jalousie. Une tête
blonde et mélancolique, s'élevant au-dessus
des rosiers et des héliotropes, dont les tiges,
reposant sur l'entablement qui couronnait la
porte d'entrée, montaient jusqu'à la fenêtre,
se dessina vaguement derrière les verts inters-
tices des abat-jour; et deux yeux d'un bleu pâle
attachèrent avec sollicitude leurs regards sur
l'homme qui s'éloignait. Après quelques pas,
celui-ci, ne voyant personne, ni aux fenêtres
ni dans la rue, s'arrêta, et, se retournant à
demi, sourit à la blonde tête et aux yeux
bleus, qui lui souriaient. Tous deux, pour

se donner mutuellement du courage, semblaient se renvoyer les signes d'une espérance
qu'ils n'avaient pas dans le cœur.

Mais ce sourire commencé ne s'acheva point :
un petit cri, semblable à celui d'un passereau
qu'on étouffe, retentit derrière la jalousie, qui
retomba brusquement, et la vision disparut.

La cause en était-elle dans l'apparition subite de Gabriel, qui venait de s'élancer à son
tour dans la rue? On eût pu le croire, à voir
le regard, non de courroux, mais de reproche, que l'homme laissa de loin tomber sur
Gabriel, comme s'il l'accusait d'avoir, à l'étour-
die, soufflé sur un de ses rêves. On l'eût pu
croire, même à l'air triomphant de Gabriel si,
comme lui, au-delà de l'espace où se jouait
cette scène muette, on n'avait porté ses regards
à l'extrémité de la rue des Pollinaires, qui
débouche sur la place des Grands-Carmes. Là,
pâle, la main droite fortement appuyée sur
la poitrine, comme pour en comprimer les
bonds, les lèvres serrées et mordues jusqu'au

sang, et les regadrs fixés avec la puissance fascinatrice du serpent sur l'homme qui marchait
dans la rue, on aurait vu s'arrêter tout à coup
un autre homme de trente-cinq ans environ.

Celui-ci était vêtu de l'uniforme vert des
bandes enfantées par le bourbonisme réac-
tionnaire de 1815, mauvaise queue de cette
insurrection royaliste qui, pendant les échauf-
fourés de la chouannerie bretonne et ven-
déenne, s'était formée et perdue en trois jours,
dans les broussailles des plaines de la Gimone
et de l'Ile-Jourdain; — troupe d'égorgeurs et
de pillards à cocarde blanche, que, pour servir leurs haines, les fils de bonne maison tenaient à leur solde, et qui servaient les siennes
propres par dessus le marché : celles-ci proté-
gées par celles-là, — bandits d'essence royale,
qu'on avait enrégimentés à l'encontre des gardes nationales, d'essence révolutionnaire, et
qui empruntèrent leur nom de *verdets* à la
couleur de leur uniforme.

Cet homme était le plus redouté entre ces

hommes si redoutés. Le courage brutal dont il avait donné des preuves qui, en passant par les crédules exagérations de la foule, étaient devenues des prodiges ; les mystères qui enveloppaient les premiers âges de sa vie ; la diversité d'origines que se plaisait à lui donner la populace ; d'un côté, le misérable métier qu'il exerçait, et de l'autre, les nobles amitiés dont il était environné ; ses allures d'homme du peuple, et parfois une certaine élégance de manières, qui se faisait jour à son insu ; quelques actes d'une férocité exaltée par de vieux ressentimens dont on ne savait qu'imparfaitement la cause, ou d'une générosité fantasque, qui, pour arriver à ses fins, s'appuyait sur les passions même les plus opposées ; une taciturnité qui ressemblait souvent à de l'idiotisme, et souvent aussi les éclats d'une éloquence tribunitienne qui ressemblait à du génie ; sa force musculaire, ses cheveux noirs et flottans, au milieu de toute une population coiffée à la Titus ; un visage

basané, où l'on eût dit que la bile refluait du
cœur; un œil qui étincelait à travers des cils
épais, comme la lame d'un poignard dans un
buisson, ou qui se baissait, terne et voilé,
comme l'œil de la stupidité résignée; tout,
jusqu'au sobriquet attaché à son nom et qui
rappelait une grande infortune, selon les uns,
un châtiment, selon les autres, mais infortune et châtiment sans date et sans détails
précis ; tout enfin avait rendu cet homme la
terreur, la haine ou l'idole de la foule, toujours passionnée pour ce qu'elle ne peut
comprendre.

Aussi les fils de nobles maisons avaient-ils
délivré à maître Pierre, surnommé, en
idiome patois, *Lou Pingeat* (le pendu) le bre-
vet et les épaulettes d'une compagnie d'élite ;
et l'on sait ce que le mot *élite* signifie dans les
bandes de cette espèce. Dans toute les excur-
sions difficiles où il fallait faire montre de sang
froid, de ruse ou d'audace, contre les bonapartistes et les fédérés de 1815, ou pour être

historiens fidèles, contre les malheureux qu'il plaisait aux inimitiés particulières de stigmatiser de ce nom, c'était toujours maître Pierre, le tourneur de chaises, maître Pierre *lou pingeat*, que l'on mettait en campagne. Le parti royaliste lui était redevable de plus d'une capture importante, opérée, non pas s'il vous plaît, pour les intérêts du gouvernement et la dynastie des Bourbons, mais pour la plus grande satisfaction des rancunes de localités, toujours si orgueilleusement enflées de l'idée que le pays a les yeux fixés sur elles, et qu'à leurs mesquines et hargneuses passions est attaché le destin de l'état.

Il s'était cependant opéré, depuis quelques jours, dans cet homme et dans sa famille des changemens tels qu'on voyait le moment où le jour allait se lever sur les ténèbres qui enveloppaient sa vie.

Lorsque dans les premiers jours de l'hiver de 1800, il était venu se fixer à Toulouse, où il ne se fit connaître que sous le sobriquet

ajouté à son prénom, il était arrivé suivi d'une
femme et d'une toute petite fille. Maître
Pierre était-il marié? Cette femme était-elle la
sienne? Cette petite fille était-elle son enfant?

A ne voir que l'intimité apparente qui régnait entre lui et Marthe, et la sollicitude affectueuse qu'il portait à la jeune fille, on eût
pu le dire au premier abord un père d'un
mari.

Mais, en y regardant de près, en voyant
combien peu dans cette intimité il y avait de
la familiarité conjugale, et combien peu, quelque affectueuse qu'elle fût, cette sollicitude,
sans caresses vives ou empressées, ressemblait
à l'amour paternel; en voyant Marthe et sa
fille retirées d'ordinaire dans une chambre
meublée, non avec luxe, mais avec goût, où
reluisaient le noyer et le chêne polis, et dont
maître Pierre n'approchait qu'avec une tendresse respectueuse qui ne s'était jamais dé-
mentie, tandis que lui-même n'occupait, à
l'arrière-boutique, qu'un méchant petit cabi-

net dont se fût contenté à peine le plus novice ouvrier; en voyant l'air de profond chagrin empreint sur le visage de cette femme et en même temps les cordiales prévenances dont elle entourait maître Pierre, ce qui prouvait bien que l'air chagrin n'était point le fait de maître Pierre; en voyant aussi avec qu'elle absence totale de jalousie inquiète, Marthe laissait maître Pierre auprès des femmes et des jeunes filles, dans les bals, dans le tête-à-tête des promenades de l'été, ou l'hiver, dans les rieuses causeries du coin du feu, on pouvait bien se dire que dans tout cela il n'y avait rien des habitudes conjugales. Maître Pierre allait où il voulait, agissait à sa guise, et jamais, en rentrant chez lui, il ne trouvait froideur ou reproches. Plus d'une fois ses compagnons de fêtes et de plaisirs, enviant cette liberté, le citaient pour exemple à leurs ménagères, qui se contentaient de hocher la tête, comme femmes qui n'ignorent pas qu'il y aurait une réponse à faire, mais qui, ne sachant au juste laquelle, ne peuvent s'empêcher d'exprimer par gestes ou par attitude, une pensée que la langue, si elle osait, traduirait par ces mots : — patience, tout ceci s'expliquera.

C'est que la curiosité des commères du quartier avait fini par se fatiguer à courir après ces trois questions restées insolubles : Maître Pierre est-il marié? Marthe est-elle sa femme? la fille de Marthe est-elle aussi la sienne? Mais, assoupie depuis long-temps, cette curiosité fut réveillée tout à coup dans les premiers jours du mois de mai.

III.

LES FÉDÉRÉS.

Formée par le grand chenal de la Garonne qu'elle domine en amphithéâtre, et par le canal de fuite du trop-plein des eaux qui, venues du moulin du Château, alimentent des usines de teinturiers sans nombre, l'île de

Tounis est réunie à la ville de Toulouse par un pont bordé de maisons comme au moyen âge. Elle était habitée, en 1815, par une population qui avait conservé un tel amour pour Napoléon, que les Toulousains l'appelaient l'île d'Elbe.

Mais l'empereur, en petit chapeau et en capote grise, vint bientôt reprendre, aux Tuileries, le lit encore chaud que Louis XVIII avait déserté le matin, en pantoufles et en robe de chambre. Alors les habitans de Tounis furent un des nombreux et vivaces rameaux de cette immense fédération qui, tout en nourrissant dans les grandes villes de France la haine des Bourbons et de l'étranger, vint se poser fièrement en face de l'empereur, dans les solennités du Champ-de-Mars, et donner à entendre au grand gagneur de batailles que désormais la liberté devait, dans les préoccupations de sa pensée et dans l'avenir de la France, tenir plus de place que la gloire.

Toutefois, la fédération, dans les provinces,

fut jetée hors des voies larges et de l'esprit élevé
que lui avaient faits les meneurs de Paris; elle
se nivela, comme toute grande chose, à l'é-
troitesse des passions de la province. Ainsi une
partie des habitans de Toulouse ne se jeta dans
la fédération que par opposition à l'autre, qui
s'était jetée dans les sociétés secrètes du royalisme. — Fédération et royalisme, deux factions qui dominèrent tour à tour et chez lesquelles les haines de l'esprit de parti, assez
vivaces par elles-mêmes, s'agrandirent de tout
ce que peuvent enfanter les taquineries, les
jalousies et les colères épigrammatiques de
l'esprit de localité. Les femmes surtout y
portèrent, jusqu'à une brutalité plus raffinée
que je n'ose dire, la satisfaction de leurs dépits
et de leurs vengeances de cœur, de médisances,
de calomnies, d'intrigues amoureuses et de
toilettes. Si le courage ou la force leur faisait
défaut, les maris, les amans, les cousins qui
avaient à obtenir une faveur ou un pardon,
reprenaient en sous-œuvre ces exécutions de

flagellans. Ainsi, durant les Cent-Jours, la fédération fut,—moins le sang!—une réaction du peuple contre la *jeunesse dorée,* qui, sous le directoire, avait, surtout dans le Midi, livré la France républicaine aux poignards. Après les Cent-Jours, la *jeunesse dorée* reprit sa revanche contre le peuple; et, fidèle à ses antécédans, elle se servit encore du poignard. Mais cette fois elle le mit aux mains des verdets, se bornant, elle, à l'aiguiser. En un mot, les fédérés flagellèrent et ne tuèrent pas; les verdets flagellèrent et tuèrent : il y eut progrès. Donc, tout compte fait, les fédérés en ce temps valurent mieux.

C'était surtout le soir que les fédérés, hommes, femmes et enfans, se livraient, en troupe, à tous les caprices exigeans émis par le premier d'entre eux. Ils parcouraient les rues, précédés et flanqués de torches en poix-résine, chantant des refrains patriotiques autour du buste de Napoléon porté par les forts de la bande et pavoisé de drapeaux tricolores.

Malheur à la fenêtre qui demeurait fermée sur leur passage, et malheur à celle d'où grande ouverte il ne tombait pas un sourire d'approbation ou un coup d'œil de sympathie! Les apostrophes, — et quelles apostrophes! montaient, en feu continu avec les pierres, aux carreaux de vitres, où elles se heurtaient. Malheur aux passans qui n'ôtaient pas respectueusement leurs chapeaux! Les chapeaux, lancés à la volée, passaient de mains en mains et arrivaient dans le ruisseau, bossués, meurtris, sans fond et sans ailes. Malheur à la femme ou à la jeune fille qui, sur le chemin de cette tourbe hurlant son enthousiasme, passait avec un ruban blanc à la ceinture, sur une coiffe ou sur un chapeau! femme ou jeune fille était accueillie sur toute la ligne par les huées les plus moqueuses et les gestes les plus effrontés, sans compter les gracieuses épithètes que lançait la voix glapissante des femmes et des enfans, dominant l'orchestre en faux-bourdon de toutes ces basses-tailles d'hommes. Malheur

alors à la faible créature qui, ne pouvant se
contenir, laissait échapper, même du bout des
lèvres, même en n'en murmurant que la
moitié, une réponse ferme et digne, ou qui,
sans répondre, lançait de côté un regard
dédaigneux! Les voix glapissantes, renforçant
l'aigre fausset d'un chorus général, faisait entendre ce cri terrible : Le fouet! le fouet! —
Dieu et les passans ont su avec quelle prestesse
s'accomplissait l'œuvre de cette justice distri-
butive des partis.

Ce fut durant une des belles soirées du mois
de mai qu'Hélène, au carrefour de la Dalbade,
formé par la rue Sainte-Claire, le Pont de
Tounis, la rue du Cimetière et celle des Couteliers, rencontra la fédération qui promenait
ses refrains provocateurs. Je ne sais quoi de
coquet et d'élégant en elle, attira les quolibets
envieux des femmes, auxquels se mêlèrent les
propos assez lestes des hommes. Je ne sais
aussi quelle fatale préoccupation mit de la colère à ses regards et de l'amertume à ses

paroles. Toujours est-il qu'après l'échange de
quelques mots un peu vifs, le formidable cri
retentit, et qu'en un clin d'œil, sans le moindre
respect pour la fraîcheur de sa toilette, les
mains lourdes et calleuses des fem m s du
peuple se mirent en devoir de lui infliger la
correction accoutumée.

Voilà que maître Pierre s'élance de sa boutique, où, les bras croisés, il regardait avec
assez d'indifférence défiler le cortège patrio-
tque de l'île de Tounis. Sans crier gare, il se
rue au milieu de la foule, dont les flots s'ouvrent
devant ses deux bras, qui lui servaient d'avi-
rons. Plus d'une coiffe s'envola sous les coups
rapides qu'il distribuait à droite et à gauche;
plus d'une main levée retomba engourdie sous
le poids de la sienne, et plus d'une parole in-
jurieuse et menaçante se changea subitement
en un cri de douleur et d'effroi. Hélène était
déjà arrachée aux ongles des bourreaux en casaquin, que la stupeur régnait encore dans
leurs rangs.

Mais aux cris de honte et de rage poussés par les femmes, les hommes accoururent. En un instant, la boutique de maître Pierre fut assaillie de coups et d'injures, et en deux tours de main le vitrage et la boiserie craquèrent et tombèrent brisés.

Il y eut un moment alors où même les plus audacieux s'arrêtèrent, et on se consulta du regard, avant de pénétrer dans les ténèbres de la boutique. Il se fit un long silence. Puis, par trois houras bien distincts, la foule réclama sa proie. Mais nulle réponse n'ayant suivi les ordres de cette souveraine en jupons et en chemise, l'atelier de maître Pierre fut envahi, bouleversé, pillé; cela fait, le flot populaire arriva au seuil d'une petite chambre, où priaient, agenouillées, une femme et une jeune fille. La tête de l'émeute s'arrêta, saisie d'un respect involontaire. La réflexion commença à venir aux plus fous, et l'idée qu'on était chez maître Pierre, chez le fameux tourneur de chaises, si renommé pour sa force et pour son courage, commença à glacer plus d'un farouche aboyeur; l'un des meneurs même, ôtant son bonnet de laine, et sans une parole trop brusque, balbutia aux deux femmes les motifs et les excuses de cette visite nocturne.

— Maître Pierre doit être loin, dit la jeune fille en se levant et allant droit à l'orateur de la bande.

— Nous le rattraperons, dit d'une voix sourde un boucher aux bras nus, au visage en feu.

— Il a trop d'avance sur vous, maître Cantegril, reprit la jeune fille, et avant que vos dogues soient seulement sur sa trace, il vous faut travailler une bonne heure.

Ici le boucher fit un geste de doute et d'ironie, et s'achemina, à l'autre bout de la chambre, vers la porte massive qui donnait passage sur les jardins, situés dans cette partie de Toulouse, entre la rue des Couteliers et le petit bras de la Garonne.

— C'est inutile! dit la jeune fille en se plaçant toute droite devant le boucher. Cette porte est fermée, et elle ne céderait pas, même à la barre de fer qui vous sert à assommer vos bœufs, et qu'un jour, maître, vous avez levée sur la tête de votre père.

Ces paroles écrasèrent le boucher comme une malédiction. La jeune fille les eût payées cher, si les femmes, qu'un mouvement d'horreur avait saisies à ce reproche, trop fondé et si connu, d'impiété filiale, ne se fussent placées entre l'anathême et le bras maudit qu'elles repoussèrent, pour qu'il allât cacher sa honte dans les rangs épais des fédérés.

— Oui, c'est inutile, reprit la jeune fille ; écoutez!...

L'on prêta l'oreille.

— Entendez-vous ce bruit de gaffe et d'aviron? C'est la barque qui emporte maître Pierre à l'autre bord.

— Et la belle dame? dirent les femmes.

— Pardine! dit Cassagne, un honnête teinturier, au demeurant, et qui n'était là que pour ne point se singulariser en ne faisant pas comme tous les hab●●ns de l'île;—pardine! vous êtes bien de votre pays. La belle dame s'en est allée avec maître Pierre; il est, ma foi, assez joli garçon pour cela.

Et comme un homme qui croit avoir visé juste à l'endroit où un cœur se blesse, il regarda, en ricanant, Marthe et la jeune fille.

Marthe demeura impassible.

La jeune fille ne comprit pas.

Cassagne ne se tint point pour battu. Ne voulant pas que sa malice fût perdue, il se tourna vers une égrillarde grisette que les commérages du quartier donnaient comme fort éprise de maître Pierre, qui ne le lui rendait pas.

— N'est-ce pas, Mariannou, lui dit le teinturier, que maître Pierre... Mais il n'acheva pas. Mariannou lui lança une bourrade dans la poitrine, et à la face un :

—Vous êtes un insolent, maître Cassagne! et maître Pierre n'est pas encore du bois dont se chauffent les belles dames à chapeaux.

Cassagne fut piqué au vif.

— Cela se peut, Mariannou, reprit-il; mais on dirait, à te voir si fâchée, qu'il est aussi d'un bois auquel les grisettes n'ont pas toutes le talent de faire prendre feu.

Heureusement pour Cassagne, les rieurs, les rieuses surtout, se mirent de son côté; c'est que le naturel de la femme reprit le dessus. Trouvant là sous leurs mains et sous leur langue, pour ainsi dire, une compagne à chagriner, ces dames ne voulurent pas négliger une aussi bonne occasion; elles se mirent à rire aux dépens de Mariannou, et elles perdirent de vue l'objet premier de leur ressentiment.

— Allons, allons, continua Cassagne tout énorgueilli de son succès, maître Pierre est un brave garçon qui a fait ce que tout brave garçon, ici présent, eût fait à sa place. Et vous autres, les femmes, vous devez être enchantées de trouver des hommes qui mettent, sans distinction, les cotillons à l'abri des reviremens de la politique et de la curiosité. Qui dia-

ble sait? un jour peut-être maître Pierre rendra le même service à quelqu'une d'entre vous;
eheim! eheim! tout ceci peut changer; le
monde est si drôle!

Cette éloquence goguenarde, qui se résu-
mait en la perspective de la loi du talion, fit
un effet magique. Les plus mutines secouè-
rent les oreilles, en baissant la tête. Avec cela
que le matin il avait couru sur le compte de
l'armée et de l'empereur des nouvelles assez
peu rassurantes.

IV.

UN AMOUR.

———

Maître Pierre demeura absent pendant près de huit jours. On ne put ni préciser le lieu où il s'était réfugié, ni dire si Hélène avait partagé sa retraite; mais on remarqua, durant le même espace de temps, que les jalousies du premier étage de la maison Gatimel ne s'étaient pas levées une seule fois pour livrer passage à la blonde tête d'Hélène, qui, le soir, d'ordinaire, y apparaissait si volontiers, au grand plaisir des passans.

Lorsque maître Pierre fut de retour, on remarqua aussi qu'Hélène venait le visiter souvent, et qu'elle faisait deux parts de son temps dans ses visites : l'une pour la chambre de Marthe et de sa fille, et ce n'était pas la plus longue; l'autre pour l'atelier de maître Pierre. Elle y demeurait volontiers jusqu'à la nuit, un livre ou un ouvrage de broderie à la main. Mais bien des fois on s'aperçut que les feuillets du livre ne se tournaient jamais ou que bien lentement, l'aiguille aussi restait paresseuse ou inactive entre ses doigts : en revanche, ses regards rêveurs étaient longuement attachés au mâle et expressif visage de maître Pierre. Puis, quand la nuit venue suspendait le travail de l'atelier, on ne les avait pas vus sans étonnement, tous deux, bras-dessus bras-dessous,

— elle, sémillante, coquette et parée, lui, en
costume d'ouvrier, mais un peu recherché, la
tête haute, souliers luisans, drap neuf, linge
blanc et fin castor,—s'acheminer vers les belles
promenades, où, au grand enchantement du
pauvre Gabriel, il se faisait attendre depuis.

C'est que depuis il avait cessé d'être le simple
ouvrier, le laborieux tourneur de chaises. Il
avait sinon quitté, du moins négligé sa boutique pour hanter les salons des gros bonnets
du parti royaliste, pour aller pérorer, non
plus au cabaret du prolétaire, mais dans les
cafés de la bourgeoisie et de la noblesse. En un
mot, il était devenu un membre actif et in-
fluent du comité royaliste qui, pendant les
Cent-Jours, organisa les départemens du midi
en compagnies secrètes. On comprend, en
effet, qu'un homme du peuple, entouré de
tant de mystère, et qui se jetait bravement,
pour payer de sa personne, au milieu de la
masse compacte des forcenés d'un parti, dût
attirer l'attention et les avances de ces hommes

qui ont toujours mis l'argent et l'habileté au
service de leurs opinions dans le conseil, mais
rarement dans l'action, leur courage personnel.
Gens habiles et couards qui ont volontiers re-
cours au bras de l'homme du peuple pour faire
une besogne dont ils profitent seuls, ou qu'ils
renient le lendemain, suivant la défaite ou le
triomphe!

Hélène servit merveilleusement à rapprocher
les Bertrand et le Raton du parti royaliste. Elle
était de ces femmes qui, n'étant ni mariées ni
veuves, jouissent néanmoins des avantages de
ces deux conditions. On avait bien à part soi
des doutes sur la régularité virginale de ses
mœurs, mais on eût été si embarrassé de citer
un fait irréfragable! mais parmi tous ces
hommes qui l'entouraient de leurs hommages
empressés, si peu d'indiscrétions avaient été
commises par les jactances de la fatuité ou par
les emportemens du dépit! et puis, tous ceux
qu'on lui donnait pour amans, lui étaient,

même après que l'amour s'était enfui, des amis
si sûrs, si dévoués, si peu jaloux du bonheur
de celui que le monde ou Hélène leur donnait
pour remplaçant, que les langues les plus âpres
ou les plus légères n'osaient trop faire d'elle
une Ninon du pays. Aussi les collets montés
et les Arsinoë de Toulouse, dans les salons où
elle était admise pour sa beauté, la noblesse de
sa famille et la vivacité de son esprit, ne dé-
tournaient point trop dédaigneusement la tête
quand elle s'approchait souriante et causeuse.

Une jeune et jolie femme qui se tenait ainsi
en dehors des habitudes et des pruderies de
la province devait jouir d'une certaine célé-
brité. Les hommes durent porter leur affection et leurs sympathies à une femme qui,
pour se faire homme, avait dépouillé les dé-
fauts de son sexe dont elle n'avait gardé que
les qualités. Aussi sa maison était-elle le rendez-vous de ce que Toulouse, sans distinction
de Grec ni de Troïen, renfermait de jeunes
gens élégans et riches, de galans surannés, et

d'hommes qui, loin des monotones exigences
du coin du feu, cherchent, pour leurs dix
années de mariage, des distractions que leurs
folles moitiés cherchent de leur côté, loin de
leurs garçons au collège et de leurs filles au
couvent.

Les deux partis politiques du temps en
avaient fait un terrain neutre, où, en se ser-
rant la main, ils se ressouvenaient qu'ils étaient
les enfans d'une même ville, d'un même pays ;
mais les chances fâcheuses courues par Hélène dans la rue des Couteliers, finirent par
faire de ce lieu d'asile où se réfugiaient les
sentimens du bon voisinage et de la cité, la
conquête d'un parti au détriment de l'autre.
Les bonapartistes, depuis ce jour, éprouvè-
rent quelque vergogne à se trouver face à face
avec une femme que les hommes de leur parti
avaient insultée si grossièrement, et ils rendi-
rent moins fréquentes des visites qui avaient
tous les jours des excuses pour début. Les
royalistes, de leur côté, ne se firent point faute

d'exagérer et de trouver irrémissibles les torts
de leurs adversaires. Or, ils servaient trop
en ceci les ressentimens d'une femme outragée
pour que l'on pût croire sincères l'indulgence
et la générosité dont Hélène accompagnait les
expressions d'un ton aigre-doux et d'un sourire
forcé. Aussi arriva-t-il que le parti bonapartiste,
un peu confus, ayant fini par se retirer tout à
fait, et le parti royaliste venant seul et plus
nombreux, les absens eurent tort, et, malgré
elle, Hélène perdit peu à peu cette neutralité
dont elle avait jusque-là fait parade, pour épouser les haines et les affections du parti qui lui
était demeuré fidèle. Ce fut donc au milieu
des royalistes que maître Pierre fut introduit
comme un libérateur. Ceux-ci, pour plaire à
Hélène d'abord, lui firent fête. Ils ne furent
pas fâchés ensuite de montrer au peuple, par
les égards dont ils entouraient un homme du
peuple, que la conformité d'opinions abais-
sait les barrières du rang, de la naissance et
de la fortune. D'ailleurs, et par-dessus tout,

ils ne tardèrent pas à reçonnaître quels services pouvait rendre à un parti politique un
homme de la trempe de maître Pierre, si cet
homme, par conviction ou intérêt, — que
leur importait? — se dévouait franchement à
un parti politique.

Si l'on s'étonne du haut prix dont Hélène
paya le courage de maître Pierre ; si l'on a peine
à concevoir, en dehors de toute idée de bassesse
ou de coquetterie effrontée, qu'une femme
ainsi placée par sa naissance et les fréquenta-
tions du monde au milieu d'une société élégante et choisie, ait pu quitter les riches ou
nobles adorateurs qui l'entouraient, pour aller
sans rougir et en dehors de ses habitudes, en
chercher ou en accepter un dans cette classe
ouvrière, tenue en si mince estime par les gens
comme il faut ; si l'on ne voulait point faire à
Hélène une excuse de cette puissante nature
d'homme qui faisait de maître Pierre l'être
merveilleux et fascinateur que je vous ai dit :
une excuse surtout de l'amour mêlé d'admira-

tion qui dût se glisser au cœur d'une jeune
femme élégante et bien élevée pour l'homme
qui l'arrachait au dernier des outrages ; si
l'on ne veut pas enfin s'avouer qu'une femme
fort peu collet monté, et même si l'on
veut, facile en amour, ait pu donner pour
récompense au courage, au dévouement et à
la beauté des formes, les faveurs qu'elle accordait au visage coquet d'un adolescent, aux
importunités d'un céladon à cheveux gris, ou
aux fadeurs amoureuses d'un muscadin de
province ;... pour expliquer cette liaison d'une
jeune et noble dame avec le simple tourneur
de chaises, sans que le beau monde en ce temps
y trouvât trop à redire, nous serons réduits à
croire qu'elle fut le seul moyen conseillé par
le parti royaliste, en désespoir de cause, pour
conquérir un homme dont il avait besoin. Ce
n'est pas la première fois que l'amour d'une
femme a opéré des conversions, et hâté des
événemens politiques. Les nœuds de ruban de
Mme de Longueville attirèrent bien le poète

Benserade au ⬛ i de la Fronde. Pour arriver
à faire assasiner Henri III, la duchesse de
Montpensier, si l'on en croit Pierre de l'Étoile,
fit bien galanterie avec Jacques Clément, le
moine sale et libertin !.... Pourquoi n'en aurait-il pas été ainsi d'Hélène? Avec cela
qu'Hélène n'était pas une duchesse ayant à
sauver la fierté du sang royal, et qu'il ne s'a-
gissait pas de tuer un roi bigot ou de dominer
un roi enfant. Et puis, si maître Pierre n'était
pas de bonne maison comme Benserade, il
n'était du moins ni laid, ni repoussant comme
le moine Jacques.

Maître Pierre, de son côté, avait trop peu
de la trempe de ces hommes qui mettent toute
leur âme en dehors, où vivent leur vie de mol-
lesse et de sensibilité, pour s'être laissé prendre
par amour et fascination seulement aux yeux
bleus et à la tête blonde d'Hélène. On pouvait
donc fort bien penser que si la liaison de maître
Pierre et d'Hélène avait eu pour commence-
ment une reconnaissance exaltée d'un côté,

et de l'autre une vive satisfaction de l'orgueil
et des sens , elle n'était plus devenue peut-être
de part et d'autre que l'exécution d'un marché ;.... mais quelles en étaieut les conditions?.....

V.

UN VISAGE CONNU.

———

Ce ne fut donc aucun sentiment puéril de jalousie qui fit refluer le sang au cœur, et jeta la pâleur au front de maître Pierre, lorsque maître Pierre vit venir à lui, dans la rue des Pollinaires, l'homme qui souriait vers la fe-

nêtre d'où Hélène s'était retirée en poussant
un cri. Il n'y avait point dans l'expression de
son visage la rage muette de la déception ; il
y avait bien plutôt la joie farouche d'une vieille
haine qui trouve enfin à se satisfaire. A voir
avec quelle profondeur, et quelle fixité ses
regards embrassaient cet homme dans tout son
être, on devinait aussi qu'il y avait en lui moins
le bonheur de connaître le visage d'un ennemi,
que le bonheur de retrouver ce visage bien
connu, mais perdu de vue depuis long-temps.
Tout le jeu de sa physionomie annonçait le
travail que faisait sa mémoire ; on le voyait se
parler mentalement à lui-même, se poser et
lever des doutes. Bientôt, comme lassé de cette
lutte de souvenirs, il se prit à sourire ; car en
reportant ses yeux vers la maison d'Hélène, il
lui vint l'idée qu'avant peu il saurait dans cette
maison à quoi s'en tenir sur ses soupçons et
la fidélité haineuse de sa mémoire touchant
cet homme.

Il fallait que de son côté cet homme fût

sous l'influence d'une préoccupation singulière, ou que la nécessité le soumît aux lois
d'une étrange prudence dont la moindre dévia-
tion pouvait le compromettre, pour se résigner
à subir ainsi les regards scrutateurs de maître
Pierre. On eût pu croire en vérité qu'il reconnaissait à son tour un visage devant lequel sa
conscience forçait le sien à se baisser, s'il n'y
avait eu, sur ses traits, plus le rouge de la colère qui se contient, que la pâleur du trouble
et de la confusion qui se cachent.

Quand il arriva près de maître Pierre, un
œil un peu exercé eût reconnu les efforts visi-
bles qu'il faisait pour dompter toute susceptibilité, et n'avoir pas l'air de prendre garde
à l'examen tenace dont il était l'objet. Il fallait
cependant que dans l'attitude provocatrice de
maître Pierre, et dans la démarche résignée
de cet homme, il y eût quelque chose de ce
calme trompeur qui précède l'orage et la colère du lion; car, le jeune Gabriel se montrait
cloué à la même place où il s'était arrêté,

comme s'il eût voulu se tenir à distance du
lieu où ces deux hommes allaient se heurter :
or il avait compris que le moment du choc serait infailliblement celui où leurs regards se
rencontreraient. Mais, résigné jusqu'au bout,
cet homme eut le courage de passer devant
maître Pierre sans lever les yeux, sans le moindre froncement de sourcil, sans le plus léger
mouvement de lèvres, sans le plus petit signe d'impatience.

A peine l'eut-il dépassé de quelques enjambées, qu'il secoua fièrement sa tête qu'il avait
tenue si long-temps baissée ; il redressa de
toute sa hauteur son corps qu'il avait en quelque sorte fait petit. Sa poitrine se dilata ; il
poussa un long soupir, et leva les yeux au
ciel comme pour lui demander pardon d'avoir
pu se contraindre à retenir son courage. C'est
qu'en effet, à le voir, on devinait aisément
que cette allure humble et insouciante n'était
pas d'habitude celle de cet homme, en face

d'un visage insolent ou ennemi. Il avait sur la
joue gauche une entaille que sans doute avait
faite le tranchant éffilé du sabre. Au-dessus de
sa lèvre supérieure s'étendait une large ligne
blanchâtre annonçant que le rasoir a récemment fait tomber l'épaisse moustache qui a
long-temps tenu cette partie de la figure à l'a-
bri du hâle et du contact de l'air. En y regardant de près, on eût vu aux talons de ses bottes l'empreinte des éperons arrachés depuis
peu ; ses cheveux coupés ras, comme les poils
d'une brosse rude, et je ne sais quoi d'inhabile
dans ses mouvemens, annonçaient qu'il avait
plus l'habitude de porter un casque qu'un
chapeau rond, et un habit de soldat qu'un
habit bourgeois.

Mais c'était alors l'époque si honteuse
pour la France, où les derniers et braves défenseurs de l'intégrité du territoire, licenciés
sur les bords de la Loire, étaient traités de
brigands par les niais et les traîtres qui avaient

salué de leurs ignobles acclamations la victoire des étrangers. C'était le moment où, rapportés de Coblentz et de Gand, attachés à la queue d'un cheval de cosaque, les lis et le drapeau blanc poussaient des brûleurs enthousiastes contre le drapeau tricolore et l'aigle qui avaient conquis le monde, et où l'on traquait un uniforme de la grande armée comme s'il avait fallu courir sus à une bête fauve. C'étaient là des choses dont cet homme avait chèrement acheté l'expérience; ainsi, avec ses compagnons d'armes, pliant sous l'orage pour n'être point brisé, en s'ajustant au costume inoffensif et aux mœurs égoïstes de la vie bourgeoise, il cherchait à faire oublier ou pardonner sa vie de soldat et son dévouement à la patrie.

Maitre Pierre le suivit à distance, le couvrant toujours du regard. Mais lui, sans se retourner, sans s'inquiéter des pas qui le suivaient, mesurés sur les siens, traversa en plein soleil la grande place des Carmes. A l'extrémité mé-

ridionale, il entra dans la maison qu'habitait
le général Ramel. La sentinelle, sans mot dire,
le laissa passer comme une personne de la
maison.

Le jeune Gabriel suivit de l'œil, mais de
loin, les mouvemens de maître Pierre et du
soldat déguisé. Après avoir vu la direction que
celui-ci avait prise, il se félicita, puisque le résultat était le même, de n'avoir point tenté le
passage de la grande place. Il demeura quelque temps encore à examiner la conduite de
maitre Pierre, et ce ne fut que lorsque celui-ci
eut pris, à droite de la place, de la petite
rue des Capelas qui, donnant dans la rue
Saint-Jean, ramène dans la rue des Couteliers
par celle de Sainte-Claire, que Gabriel prit sa
course pour rentrer chez-lui. Il était quelque
peu confus de s'être donné tant de mal, car il
avait la conscience de n'en savoir pas plus
qu'auparavant. Aussi, n'ayant pas de succès
pour s'excuser ou pour s'étourdir, se mit-il à

réfléchir qu'à tout prendre il avait fait là un assez vilain métier ; et de cette pensée, remontant à la cause, il en voulut presque à Hélène de l'avoir ainsi poussé à descendre à la ruse et à une sorte d'espionage.

VI.

LES AVEUX.

Gabriel en était au plus fort de la tirade qu'il se débitait à part soi ; il n'épargnait ni la sotte jalousie des hommes, ni la cruelle coquetterie des femmes, lorsque arrivé au premier étage de la maison, à travers la porte en-

tr'ouverte, une voix bien connue l'appela par
son nom. Il se trouble, hésite, murmure des
sons inarticulés et ne sait à quoi se résoudre.
Sa belle colère s'en est allée, il ne le sent que
trop, mais il a honte de ne la plus avoir. Le
cœur est vaincu, mais la vanité combat encore. Pour entendre cette voix aimée, ce signal attendu, il eût naguère donné son sang :
maintenant que la voix parle, que le signal est
donné, Gabriel fait le sot, il boude, et, en
véritable poltron, pour ne point succomber
au danger, il le fuit. C'est ici que la spirituelle
distinction établie entre l'*ame* et la *bête* par le
comte Xavier de Maistre se montre dans tout
son jour : l'ame veut une chose, la bête en
fait une autre. L'ame de Gabriel lui dit :
—Allons, arrête-toi et va trouver Hélène !
Mais la bête, c'est-à-dire les jambes, le corps,
sont en train de marcher, et les jambes et le
corps continuent leurs fonctions locomotives ;
l'*ame* reste au premier étage, et la *bête* grimpe
au deuxième.

Hélène le comprit et en eut pitié. Or, comme ce n'était pas le moment pour elle de faire de la dignité, et qu'elle avait peu le temps d'attendre qu'entre l'ame et la bête de Gabriel la lutte fut décidée, elle se jeta dans la bagarre. D'un ton de reproche et de supériorité qui lui allait à ravir, elle appela de nouveau le bou-deur fugitif : — Fi, monsieur, voulez-vous bien venir ! lui dit-elle, voilà qui fut pour l'ame. Voici qui fut pour la bête : les jolis mains d'Hélène saisirent le bras de Gabriel, et la bête s'arrêta comme si on avait touché le bouton d'un ressort. La bête fit un demi-tour sur elle-même; mais elle ne fut pas plutôt en face des yeux qui la regardaient, qu'elle se sentit vaincue, et d'un bond Gabriel fut au milieu de l'appartement d'Hélène.

Ce furent d'abord des récriminations, de tendres excuses, puis des soupirs, puis des larmes, puis des caresses; et, pour la pre-mière fois peut-être, Hélène put comprendre quels ravages elle avait étendus dans cet ame d'enfant. Mais le mal était fait ; d'ailleurs, préoccupée de bien plus graves intérêts, Hélène, peut-être, n'y fit pas grande attention, ou, si elle y prit garde, ce ne fut que pour en tirer parti. Les forces n'étant pas égales, elle eut tout ce qu'elle souhaita. Trop heureux, lui, le pauvre Gabriel, d'être interrogé par celle qu'il aimait, et de pouvoir faire des réponses catégoriques à des demandes qui, grâce à une excessive habileté, ne semblaient être que le résultat fort simple d'une curiosité sans intérêt.

Mais bientôt le naturel l'emporta. Ce qu'Hélène avait au cœur se fit jour malgré elle. Ses questions devinrent plus pressantes ; et, bien que Gabriel fût subitement rejeté dans toute la réalité des craintes jalouses qui s'étaient dissipées depuis quelques instans, il ne put se défendre d'un mouvement sympathique pour l'émotion et les terreurs d'Hélène.

— Et tu dis, Gabriel, que maître Pierre,

quand cet homme est entré, a long-temps interrogé le factionnaire?

— Oui, Hélène, bien longtemps.

— Que se disaient-ils?

— J'étais trop éloigné.

— Oh! tu ne fais les choses qu'à demi; il fallait... il fallait... Mais enfin as-tu pu comprendre?

— Oh! pour cela, oui. Bien certainement le factionnaire devait répondre à maître Pierre qu'il ne savait pas ce dont on lui parlait, et il a dû ajouter qu'il ne connaissait pas l'homme qui venait d'entrer.

— Oh, le brave militaire! Et c'est tout ce que tu as vu?

Attendez. Maître Pierre est allé et venu pendant longtemps; il semblait attendre que cet homme sortît de nouveau. Enfin il a vu venir à lui deux verdets, il les a appelés, et leur a montré la maison du général; j'ai compris qu'il leur dépeignait une personne qu'ils auraient à observer et à suivre; et cette personne.....

—Oui, oui, c'est lui. Assez, Gabriel. Maintenant m'aimes-tu?

Gabriel ne répondit pas, mais ces paroles
firent sur lui l'effet d'une commotion électrique. Il se mit à pleurer, comme s'il ne con-
cevait pas, lui, si naïf, qu'on pût lui faire
cette question! comme s'il était malheureux
du doute qu'elle exprimait!

— Eh bien! oui, reprit Hélène, je le vois,
tu m'aimes. Je t'aime bien aussi, moi, entends-
tu?.. Oui, monsieur, je vous aime, et quand
je vous le dis, je ne veux pas que vous fassiez
la moue et que vous haussiez les épaules. Qui
donc me forcerait à vous le dire si ce n'était
pas vrai? Est-ce que si je ne t'aimais pas, méchant?...

Et alors elle défila longuement un intermi-
nable chapelet de faits et de circonstances les
plus minimes, les plus oubliées, et qui, suivant
elle, étaient des preuves irrécusables. Gabriel
tout ébahi, s'en voulait de n'y avoir pas vu

plus tôt toutes les belles choses qu'on lui faisait voir. La conclusion d'Hélène, après tout
ce feu d'artifices de paroles, de soupirs et d'in-
nocentes caresses fut celle-ci :

— Tu vois bien que je t'aime.

A quoi Gabriel fasciné ne sut que balbutier
en réponse un timide : C'est vrai!

Mais quelque peu osé qu'il fût, Hélène s'en
empara en femme qui sait toute la distance
qu'il y a entre la coupe et les lèvres.

—Ah! lui dit-elle, tu fais bien de le dire, c'est
vrai! Que ne ferai-je pas pour toi? pour te
rendre heureux? Vois-tu, nous allons avoir des
fêtes magnifiques, des illuminations à faire
croire que les étoiles du firmament sont des-
cendues sur Toulouse avec leurs harmonies
célestes et les chœurs de leurs anges ; eh bien!
ce sera toi qui me conduiras partout; je
te demanderai à ta mère, je te ferai inviter au
bal du Capitole, au bal du général, au bal de
la préfecture : tu seras mon chevalier servant,
je ne danserai qu'avec toi! Tu me ramèneras

ici, seuls le soir. Oh! Gabriel, Gabriel, à ton tour que feras-tu pour moi?

Et l'enfant ne savait plus s'il touchait encore la terre; sa jeune ame s'envolait dans l'espace au milieu des désirs confus. — Ce que je ferai pour toi, Hélène! Dispose, commande, j'obéis. Tiens, veux tu que je te débarrasse de maître Pierre, je le provoquerai, je le tuerai.

— Non, enfant, non, point de dangers : ta vie m'est trop précieuse. Ecoute : cet homme que tu as vu sortir d'ici... Oh! ne pâlis pas, Gabriel, écoute-moi! Cet homme, je l'aime, mais non comme je t'aime, toi, non d'amour; sa vie est en danger, car maître Pierre l'a suivi et veut savoir ce qu'il deviendra. Il a trouvé asile chez le général; tant qu'il y restera, il n'a rien à craindre, le général peut le protéger; mais s'il sort, il est perdu, maître Pierre le fera tuer. Veux-tu le sauver, Gabriel?

— Oui... Mais tu ne l'aimes pas au moins?

—C'est pour moi un frère, rien de plus.

—Que faut-il faire?

—Lui porter une lettre qui lui défende de sortir, et l'avertisse des dangers qu'il court à Toulouse.....

Ah! tiens aussi — elle ouvrit un tiroir — remets-lui cette vingtaine de louis. Qu'il parte cette nuit! Je vais écrire. Tu ne remettras la lettre qu'à lui.

—Ecrivez, Hélène, il sera fait ainsi que vous le voulez.

Hélène disposa tout pour écrire, mais tout à coup Gabriel, qui, entendant des pas précipités, avait regardé dans la rue à travers la jalousie, voit maître Pierre qui entrait dans la maison. Il n'a que le temps d'avertir Hélène et de se mettre en mesure de sortir. Mais Pierre avait monté l'escalier au pas de course, et on l'entendit sur le palier avant que la porte de la chambre fût ouverte. Gabriel voulait payer d'audace, mais Hélène le poussa dans un petit cabinet voisin, en lui disant d'une voix étouffée : — Malheureux, il te tuerait ! Reste là, tu descendras dans un moment par l'escalier de service, je te reverrai dans la soirée.

La porte se referma.

Il était temps : maître Pierre entrait chez Hélène.

VII.

LES DEUX LETTRES.

L'un et l'autre, au premier coup-d'œil, se lurent jusqu'au fond de l'ame. Ils comprirent qu'ils allaient jouer au plus fin, car ayant, ou à peu près, le secret l'un de l'autre, sachant quels motifs de trouble ils avaient l'un et

l'autre, ils se trouvèrent néanmoins un visage
calme et presque riant. Maître Pierre, avec sa
haine à satisfaire ; Hélène, avec la certitude
que la vie ou la mort d'un homme allait dépendre de ses paroles, de son regard, de son
attitude. Des deux côtés la partie était belle à
jouer. La bienvenue une fois souhaitée, il y
avait à savoir qui d'Hélène ou de maître Pierre
entrerait le premier en jeu. Le premier, il est
vrai, avait l'avantage d'établir le terrain de la
discussion ; mais à l'autre il restait l'espoir de
voir son adversaire se livrer.

Ils s'attendirent ainsi longtemps, se mesu-
rant de l'œil, pour ainsi dire, et cherchant,
pour arriver au véritable, le plus indifférent
motif de conversation en apparence. Hélène
crut l'avoir trouvé.

— Mon Dieu, mon ami, dit-elle en riant,
quand je vous ai vu entrer ne disant mot,
grave et solennel comme un de nos anciens
capitouls, et portant sous le bras ce joli coffre
incrusté d'ébène et de nacre, que vous avez

en soupirant placé sur cette table, je me suis imaginé que vous aviez à me faire la confidence d'un mystère terrible dont le secret était déposé là depuis au moins un siècle.

— Non, Hélène, pas depuis un siècle ; depuis vingt années seulement. Ce n'est pas vieux, vous voyez.

— Ah ! fit Hélène, un peu déconcertée d'avoir deviné si juste, il y a donc un secret là-dedans.

— Mais oui, celui de ma famille, de ma misère, de mes souffrances, de ma honte, de ma gloire : — mon secret, toute ma vie, Hélène !

— Et le saurai-je?

— Oui, bientôt : il y a longtemps que je vous l'ai promis. L'heure est venue, si je ne me trompe.

Et Pierre regarda Hélène entre les deux yeux.

— Comment, mon ami, vous n'en êtes pas bien sûr? dit Hélène en riant pour n'avoir pas l'air de comprendre l'intention avec laquelle Pierre l'avait regardée et avait prononcé ces dernières paroles.

— Du reste, dit Pierre en s'approchant d'Hélène qu'il prit à la taille, et jouant avec ses mains qu'il couvrit lentement de baisers comme s'il les nombrait, du reste c'est sur vous que je compte pour achever de me donner la certitude qui me manque.

— Sur moi ! Ceci fut dit bien bas, car Hélène perdait son aplomb sous le regard de cet homme, qui, toujours maître de lui, sûr d'arriver à ses fins, jouait avec le trouble de la jeune femme, comme un chat avec une pelote.

— Oui, sur vous, mon amie, vous dont le cœur, comme vous me l'avez dit bien souvent, ne m'a point été octroyé par vain caprice de femme, mais par reconnaissance ; vous chez qui la reconnaissance s'est élevée jusqu'à l'extase de l'amour, et qui ne comprenez pas l'amour sans l'abnégation de la personne qui aime, et le dévouement à la personne aimée ; oui, Hélène, c'est sur vous que j'ai compté : et déjà même vous avez commencé...

— Moi, Pierre ! que dites-vous ? Je vous jure...

— Doucement, Hélène ; n'allez point au-delà de ce que j'ai voulu vous dire : toute chose viendra en son lieu. Dans ce moment je me borne à vous déclarer que vous m'avez aidé.

Voyons ; n'est-ce pas que, sur ma prière, vous avez, dimanche dernier, demandé au général d'où lui venait ce beau diamant monté un peu à l'antique, et qui scintille à son petit doigt ?

— Il est vrai, Pierre, j'ai fait cette demande. Après ?

— Le général, qu'a-t-il répondu ?

— Mon Dieu, rien : une de ces galanteries banales que les hommes se croient obligés d'adresser aux femmes.

— En vérité ? Mais ce n'était pas répondre à votre question.

— Aussi ai-je insisté, et le général s'est mépris sur ma demande.

— Non, il a feint de se méprendre.

— Comme vous voudrez, Pierre. Il a ôté son diamant et me l'a offert en me disant qu'il avait oublié d'où il lui venait, mais que si je voulais... Mon Dieu, vous allez vous emporter.

— Non, non, j'ai peu le temps d'être jaloux. Eh bien?

— Eh bien! que si je voulais, il n'oublierait jamais où il irait.

— Et vous avez refusé?... Le général a été un sot d'offrir, et vous une... bégueule de ne pas accepter, ma mie!

— Mais, Pierre, y pensez-vous? un diamant de ce prix! Ah! qu'aurait-on dit; et savez-vous à quoi cela m'engageait?

— Et vrai Dieu, que m'importe? J'aurais su d'où il venait ce diamant, si je l'avais eu seulement une minute entre les mains; et alors j'aurais vu s'il fallait le renvoyer avant qu'on en vînt chercher le prix chez vous, ou bien si c'était moi qui avais à le porter. Maintenant c'est à refaire. Toujours du retard!!!

— Mais, mon ami, quel intérêt si grand avez-vous à savoir d'où le général a tiré ce diamant? Il l'a peut-être acheté à quelque juif... dans quelque vente. Que sait-on? C'est peut-être un souvenir de famille.

— Quel intérêt, quel intérêt j'ai? Et maître Pierre se promena à grands pas, le sang se porta à ses yeux, ses lèvres pâlirent et tremblèrent. Hélène eut peur d'avoir réveillé un orage passé à peine, et tout bas se félicitait cependant à l'idée que la colère était indiscrète.

— Quel intérêt? reprit-il en se plaçant en face d'Hélène, mais déjà maître de lui. Tu le sauras, Hélène. Mais, vois-tu, ce diamant, le général ne l'a pas acheté, parce qu'il ne le porterait pas ainsi monté à la vieille mode, il l'aurait fait arranger. Ce n'est pas un souvenir de famille, parce qu'il ne te l'aurait point proposé. Ces choses-là se transmettent dans les races, et ne se donnent point à des maîtresses.

—Alors que veux-tu que ce soit?

—Ce que c'est, Hélène? Un diamant volé.

—Ah! un général?...

—Non volé dans une poche ou dans un écrin, comme eût fait le fameux San Salvador, que tu as vu au pilori sur la Place-Royale; mais pris au doigt d'une femme qui se mourait, livrée par des soldats à de brutales caresses. Oh! ce n'est pas le fruit, ce n'est pas la pièce de conviction d'un crime qui mène aux bagnes! non, les lois ne touchent point à ceci : car c'est la preuve d'une victoire, c'est le laurier d'une couronne, c'est un trophée aux yeux du monde. Qu'importe après cela que la jeune femme ait traîné sa vie dans la honte et la misère? Un beau jour le vainqueur se défait de tous ces souvenirs importuns, en passant au doigt d'une femme qui se donne, l'anneau arraché au doigt de la femme qu'il a violée. Ah! malédiction sur lui, s'il tient cet anneau de première main!

— Comment le sauras-tu, Pierre?

— Mets-toi là, Hélène, et écris. Voyons, écris. Tu refuses?

— Non, mon ami : à qui faut-il que j'écrive?

— Tu le sauras en mettant l'adresse. Écris :

« Mon ami, ce soir à huit heures, à la chute du jour, je vous attends. La galanterie vous fait un devoir de venir, lors même que je n'attendrais point un service de vous. »

Signe. A merveille! Tu vois que je prends soin de ta réputation, Hélène, et tu n'es nullement engagée à un rendez-vous d'amour. Maintenant écris l'adresse.

— Quand je la saurai.

— A monsieur... Voyons : son nom?

— Mais, mon ami...

Ah! toute cette contrainte me fatigue; cet homme qui sort d'ici, et qui depuis cinq jours est toujours avec toi, comment l'appelles-tu? C'est à lui que tu écris, c'est lui qui doit venir ici, c'est lui que je veux interroger; c'est lui qui me dira ce que le général n'a pas voulu ou n'a pas pu te dire. Allons... son nom?

— Son nom? Pour que tu en fasses un proscrit, n'est-ce pas? pour que tu le livres aux baïonnettes de tes verdets? Tu ne le sauras pas. Et cette lettre...

— Et cette lettre tu ne la déchireras pas, dit maître Pierre en la lui arrachant des mains, car se serait comme si tu ordonnais sa mort, et j'ai besoin de sa vie. Il a des chances d'être sauvé, s'il parle; mais s'il se tait, il mourra; et je tuerai peut-être un innocent. Que diable! pour l'acquit de ma conscience, sinon par intérêt pour lui, laisse-le vivre.

Hélène était pâle et mourante, elle aurait voulu faire un pas, que ses jambes se seraient dérobées sous elle; cette théorie d'exécuteur de hautes-œuvres la clouait à sa place.

— Allons, Hélène, reprit maître Pierre avec une voix douce et pénétrée, soyez raisonnable; il faut que je voie cet homme, il faut que je lui parle, mon amie. Je n'ai que la

moitié de mon secret, il a l'autre moitié...
Qu'il me la livre, et s'il a jamais besoin de
maître Pierre, maître Pierre lui sera tout dé-
voué. Tenez, Hélène, vous avez peur que je
ne sache son nom ; quoique vous m'ayez traité
là comme si je ressemblais aux misérables qui
m'ont enrôlé dans leur bande, ou que je commande, je ne veux pas savoir son nom. Écri-
vez-le, mettez l'adresse sous enveloppe, et je
vais remettre le tout à votre femme de chambre, avec injonction de ne déchirer l'enveloppe
qu'au moment où elle sera hors de ma portée.
Ainsi je ne saurai pas le nom. Acceptez-vous?
Oui, n'est-ce pas, pour peu que vous l'aimiez.
Ah! de quelque façon que ce soit, il y va de
sa vie!

Je ne sais quelle vague espérance s'offrit à
Hélène, ou si elle obéit machinalement, toujours est-il qu'elle écrivit le nom au dos de la
lettre. Elle la remit à Pierre, qui, sans la regarder, se dirigea vers la porte, en appelant
la femme de chambre. Voyant qu'elle ne ré-

pondait pas, il descendit dans la cour, sur laquelle donnait l'office.

Hélène, se sentant seule, se prit à pleurer amèrement; mais derrière elle une petite porte s'ouvrit, et Gabriel se montra... Hélène fit un bond sur son siège et se jeta au cou de Gabriel.

— Ange sauveur! quoi, c'est toi! lui dit-elle; oh! ma vie est à toi, pour ne t'en être point allé.

— Ah! j'étais là, vois-tu; s'il t'avait battue, je l'aurais tué. Écris vite. Cette lettre sera le correctif de l'autre; sois tranquille, il ne quittera pas la maison du général.

— Que Dieu t'entende! Oui qu'il demeure enfermé jusqu'à ce soir; nous irons cette nuit le chercher ensemble, n'est-ce pas, Gabriel? dit Hélène écrivant à la hâte. Ah! j'ai fini! Tiens, et embrasse-moi... non pas sur la joue; là, là, sur mes lèvres qui brûlent! Assez! assez! Oh! je suis folle! Va-t'en! A un autre jour ton bonheur! aujourd'hui le mien!

Lorsqu'il remonta, maître Pierre remarqua

le changement survenu dans l'attitude et dans
la physionomie d'Hélène ; il s'attendait à la
trouver dans les larmes, ou tout au moins
avec le calme apparent de la résignation, et il
lui vit un visage animé et les yeux brillans de
bonheur. Maître Pierre n'y comprenait rien ;
il eut peu de temps pour y songer, il est vrai ;
mais il l'aurait eu qu'il n'eût sans doute pas
compris davantage.

VIII.

LES VERDETS.

———

Maître Pierre avait été suivi de près par deux officiers supérieurs des compagnies secrètes ; en quelques minutes, le nombre fut augmenté par l'arrivée de trois ou quatre capitaines, et de quelques simples gardes dont

le dévouement et le fanatisme aveugles, toujours prêts à obéir, étaient tenus en très haute
estime par leurs chefs.

Hélène les reçut gracieusement, comme des
gens qu'elle attendait. Même, à voir certaines
de ses prévenances, on eût compris que l'un
des officiers, le plus élevé en grade, lui avait
fait une promesse dont l'accomplissement dé-
pendait néanmoins du bon vouloir des autres
membres du conseil; car c'était un véritable
conseil qui s'allait tenir là. L'heure était venue
pour les verdets d'aviser à leur existence en
corps régulier.

Sans trop en paraître inquiet, et sans se
distraire de ses conversations avec ses camarades, maître Pierre ne perdait ni un mouvement, ni une parole, ni une inflexion de voix,
ni un regard d'Hélène. Certes, ou il devinait
ce qu'elle avait sollicité, ou bien, comme cela
se pratique, l'officier supérieur lui avait, la
veille, par pure formalité, glissé quelques-uns
de ces mots qu'une inclination de tête et un

assentiment suivent d'ordinaire. Mais les événemens de la journée avaient changé les dispositions faciles de maître Pierre, et il voulait,
quelque abandon qu'il en eût semblé faire la
veille, user de son droit d'examen et de refus.

Pendant que l'on disposait au milieu du salon la table ronde, recouverte d'un tapis vert,
table classique de toute réunion délibérante,
l'officier supérieur s'approcha d'Hélène, et,
lui remettant un papier plié, lui dit courtoi-
sement, en baisant ses mains :

— Tenez, Hélène, faites une gracieuse révérence à ces messieurs pour les remercier; ils
vous accordent le sauf-conduit que vous m'a-
vez demandé.

Certainement il fallait y être vivement inté-
ressé, et faire preuve d'une bien bonne volonté, pour entendre ces paroles, car si elles
furent dites assez haut pour montrer que celui
qui les proférait n'avait aucune envie d'en faire
un mystère, elles ne le furent point assez pour
dominer les conversations particulières qui

s'étaient établies en attendant l'ouverture de la
séance. Personne, en effet, n'y avait pris
garde; mais Pierre les entendit, lui, ou mieux
il les devina au mouvement des lèvres. Comme
il était loin d'avoir, ainsi que l'officier, à mettre d'accord ce qu'exigeait sa position avec la
nature de l'affaire qu'il traitait, il releva la
conversation avec assez de nonchalance pour
montrer qu'il ne mettait dans sa demande
qu'un intérêt de causerie ou d'acquit de conscience; mais, en même temps, d'une voix assez claire pour attirer l'attention de ses camarades, des simples gardes surtout, ses .ames
damnées, il dit :

—Pour qui donc est ce sauf-conduit, colonel ?

— Ma foi, mon ami, demandez à Hélène;
c'est son secret.

— Oh ! colonel, puisque vous avez écrit le
nom, c'est aussi le vôtre, reprit maître Pierre,
comme s'il n'avait pris garde qu'au dernier
mot.

— J'ai eu dans Hélène une confiance aveugle... J'ai donné un sauf-conduit en blanc.. et personne ici, je pense, n'y peut trouver à redire.

— Pardon, colonel! ce que vous dites-là est on ne peut plus galant; mais ce que vous avez fait est fort peu politique.

— Mon Dieu! Pierre, est-ce que vous êtes malade, mon ami?

— Comme Basile, n'est-ce pas, mon colonel? Je ne le suis point assez pour ne point voir qui l'on trompe ici.

— Voyons, parlez, Pierre, me prenez-vous pour un tuteur de comédie?

— Oh! non, pas moi, colonel!!! Mais, ou vous ignorez ce qui se passe et les bruits qui courent dans la ville, et alors ne trouvez point mauvaises mes observations; ou bien vous en avez connaissance, et alors je ne sais ce que nos amis et le gouvernement du roi penseront de votre facilité à donner ainsi des laissez-passer.

—Et lequel des deux croyez-vous, maître Pierre?

— Colonel, j'aime mieux croire à l'ignorance qu'à la trahison.

— Soit! Mon devoir est de vous entendre. Pardon, Hélène, pardon; mais il n'a pas tenu à moi que vous ne pussiez profiter à l'instant même d'une faveur, que, je l'espère, mes collégues s'empresseront de vous accorder un peu plus tard.

— Mais, colonel, il est facile à Hélène de ne pas attendre la fin de nos délibérations. Q'elle nomme la personne à qui elle destine le sauf-conduit, et nous remplirons le blanc-seing, n'est-ce pas, messieurs, si l'intérêt du service ne s'y oppose point? Voyons, Hélène, vous ne pouvez avoir voulu tromper la confiance du colonel, en sauvant un ennemi du roi; vous n'avez donc aucun motif raisonnable pour taire ici le nom de votre protégé.

—C'est juste, dirent quelques officiers. Le

colonel lui-même eut l'air de trouver toute naturelle la question ainsi posée.

Hélène sentit qu'elle avait perdu tous ses avantages ; le dépit s'en mêla, et elle répondit en souriant avec amertume :

— Je renonce à lutter avec vous, Pierre, car vous avez la force et le courage du lion, unis à la ruse et à la puissance fascinatrice du serpent.

Ensuite elle ajouta d'un ton pénétré :

— Colonel, je vous remercie, et vous tiens compte de votre bon vouloir. C'était mieux que de la galanterie, messieurs; c'était l'acte d'une ame généreuse qui avait noblement fermé les yeux sur une bonne œuvre, que les scrupules de l'esprit de parti peuvent désavouer, mais dont un honnête homme se réjouit et s'honore toujours.

Elle s'arrêta un moment, et reprit, non sans un dédain marqué :

— Quant à vous, messieurs, vous ne vous êtes point aperçus que maître Pierre flattait votre importance politique pour servir ses desseins secrets; lui seul ici, je vous le jure, a quelque intérêt à savoir ce nom que vous demandez avec lui. Ce nom, je ne vous le dirai pas. Un seul ici le saura entre tous; car je tiens à lui prouver que je n'abusais point de mon empire : ce sera vous, colonel, mais plus tard, quand je n'aurai plus besoin de vous, parce que j'aurai sauvé par un autre moyen celui que maître Pierre appelle mon protégé. Sur ce, messieurs, permettez-moi de passer dans ma chambre; je le vois, desormais je serais de trop parmi vous.

—Hélène, vous ne sortirez pas, je ne veux pas que vous sortiez! s'écria Pierre en bondissant sur son siége, et se dressant de toute sa hauteur; puis, comme s'il se repentait d'avoir été si loin, il ajouta d'un air pénétré : Il va se dire ici des choses que vous devez entendre, Hélène, vous le savez; restez! Et entre vous et moi ensuite, je ne veux que vous pour juge. Colonel, mon camarade Daussonne vient

de me donner des renseignemens que vous
devez connaître.

On prit place autour de la table; Hélène
n'osa point se retirer. Peut-être un vif sentiment de curiosité la fit-il se résigner sans
trop de peine. Elle avait jeté de nouveau les
yeux sur la cassette d'ébène que Pierre venait
de placer devant lui sur la table du conseil.
Or, Pierre ne lui avait-il pas dit peu d'instans
auparavant : « Là est le secret de ma vie !!! »
Peut-être aussi une pensée toute d'abnégation
la cloua-t-elle sur son fauteuil, où un de ses
bras accoudé soutenait son front penché dans
sa main gauche, comme pour cacher quelques
larmes silencieuses qui tombaient, malgré elle,
jusqu'à son écharpe de gaze, dont sa main
droite roulait et déroulait la frange sur ses
genoux. Elle comprit sans doute qu'elle n'était
plus là pour elle seule, et qu'elle ne devait sacrifier ses projets, ni aux emportemens de la
colère, ni aux misérables susceptibilités de la
vanité blessée.

— Messieurs, dit maître Pierre qui, pour se donner le temps de combiner son plan d'attaque, formula en trois mots toute sa pensée à laquelle il savait bien qu'allaient se prendre les passions de haine et d'égoïsme dont il se voyait entouré ; messieurs, le général Ramel est un traître !

Pierre avait bien jugé son monde. — C'est vrai ! crièrent ses camarades tout d'une voix.

— Avant de prendre un parti, dit le colonel, il serait bien d'avoir par devers nous quelques faits positifs.

— Jour de Dieu ! colonel, dit Daussonne sans plus de cérémonie, voilà comme vous êtes depuis quelques jours : est-ce que vous n'êtes plus des *bons,* à présent ? si on vous écoutait, il nous faudrait procéder comme des juges d'instruction. Je vous préviens que les verdets sont fatigués de tout ce que le gouvernement laisse dire et faire contre eux.

— Mais encore, reprit imperturbablement le colonel, que dit-on et que fait-on ?

L'éloquence de Daussonne était à bout ; il lâcha un juron énergiquement accentué, et frappa la table du poing, il sourit d'un air fort dédaigneux pour le colonel, et balança sa tête de droite et de gauche comme pour faire un appel à l'éloquence de ses amis.

— Ce que l'on dit, ce que l'on fait, monsieur ? dit le capitaine Savy-Gardeilh, un élégant blondin, fort estimé des grandes dames de la rue des Nobles et de la place Mage. Ah çà ! mais il me semble d'abord que dimanche dernier, à la bénédiction des drapeaux remis à la légion du Cantal, on nous a placés à la gauche et à la queue des troupes de la garnison et de la garde nationale. Croyez-vous que ce soit très-flatteur pour vous et pour nous, colonel ?

— J'en conviens, monsieur, dit le pauvre colonel qui recevait au visage cet argument *ad hominem*.

— Et puis, avec qui le général s'est-il entretenu, s'il vous plaît, durant toute la céré-

monie? continua l'inexorable logicien, sinon
avec le marquis de Castellane; et M. de Castellane est le colonel de la garde nationale.

— Ce n'est que trop vrai. Oui! un joli marquis que ce Castellane, qui alla offrir sa voiture, ses chevaux, et une garde d'honneur à
Bonaparte quand l'usurpateur passa à Toulouse; et on a fait de cela un colonel! Quelle
honte pour Toulouse!

— Très bien, colonel, vous voilà comme je
vous aime, repartit le capitaine Gondrin,
continuant la nomenclature qu'abandonnait
son blond camarade, essoufflé d'en avoir tant
dit. Or, puisque vous voilà en si bon chemin,
vous souvenez-vous, je vous prie, des paroles
qui furent lancées à haute et intelligible voix,
lorsque au défilé des troupes, la première
compagnie des verdets arriva en face du général?...

— Si je m'en souviens, mon ami! à telles
enseignes que je toisai du haut en bas ce Castellane, que ces paroles rendaient tout fier,

et qui croyait déjà tenir mes épaulettes ; mais le marquis n'eut garde d'accepter le défi de mes regards.

— Que voulez-vous dire, colonel? à votre défi il répondit par un outrage qui nous atteignit tous. Tant que dura notre défilé, se mettant bec à bec avec Ramel, il tourna vers nous la queue de son cheval.

— Sacredié, c'est si vrai que, sans le capitaine Commère que voilà, et qui me retint, dit Daussonne, j'allais, pour lui apprendre à ne pas nous brûler la politesse une autre fois, faire de la croupe de sa monture un fourreau pour ma baïonnette. Ah! oui, on lui en donnera à ce gredin de bonapartiste, dans sa garde nationale de malheur, des compagnies comme les nôtres! C'est çà des hommes de choix, des hommes forts et bien pensans! c'est çà des hommes qui vous ont des cinq pieds huit pouces, et non pas ces gardes nationaux tout ratatinés qui, avec leurs bonnets à poil, ne nous arrivent qu'à l'épaule, et se rangent toujours du côté de l'ordre, sans distinguer le roi de l'empereur.

Et il avait raison, Daussonne, au moins pour son compte; encore était-il modeste en ne se donnant que cinq pieds huit pouces; le gaillard avait bien six pieds et demi. Mais il se vantait en se donnant pour robuste; son corps fringallait sur deux jambes grêles et deux genoux cagneux. Au demeurant, il se rendait justice en se donnant pour bien pensant à cette époque, il dépassait de beaucoup la permission, qu'a tout homme de parti, d'être quelque peu fanatique.

— Eh bien! ajouta le capitaine Commère à l'interpellation de Daussonne en lui frappant amicalement sur l'épaule, qu'en dites-vous, colonel? ne ferons-nous rien pour empêcher qu'on désorganise un corps où se trouvent par centaines des hommes comme celui-ci? sans combattre, nous laisserons-nous enlever l'honneur de commander à des gens si dévoués au roi? n'aiderons-nous pas ces braves qui ne demandent qu'un signal pour culbuter, dans un coup de main, tous ces traîtres, tous ces hypocrites qui, après avoir eu toutes les bonnes places sous *l'autre*, ne veulent pas nous les céder sous celui-ci?

— Voyons, voyons, messieurs, la colère conseille mal, dit le colonel qui ne se sentait pas le courage de résister long-temps à ces rudes coups de boutoir de l'éloquence de parti. Êtes-vous bien sûrs que l'intention de dissoudre les verdets soit une intention sérieuse, autre chose qu'une flatterie d'un convive à son amphitryon? un moyen trouvé par le général, peut-être de se moquer du marquis dont il connaît la fatuité, et de lui payer le dîner qu'il allait en recevoir?

— Ah çà? plaisantez-vous, colonel? dit Daussonne, je tiens de ma cousine, vous savez, capitaine Savy-Gardeilh, celle que vous trouvez si jolie, et qui est fort liée avec la cuisinière du marquis?

Le capitaine interpellé se serait, devant Hélène surtout, fort bien passé de l'apostrophe :

— C'est bon, c'est bon, continuez, dit-il.

— Donc, reprit Daussonne, je tiens de ma jolie cousine, qui le tient de la cuisinière à qui le valet de chambre l'a affirmé, qu'il n'avait été question que de cela pendant le dîner. Au dessert même, on a bu à notre dissolution prochaine, que le général Ramel a promise sur son honneur.

— Qu'ils nous cassent les morceaux en seront bons !

— Du tout, du tout, colonel, je ne donnerais pas deux liards d'un bâton rompu. Les morceaux ne sont bons qu'à être jetés au feu, dit le capitaine Commère.

— Bah ! bah ! forfanterie de buveurs. Les hommes à jeun se mordent souvent la langue pour la punir des sottises qu'elle a débitées à table.

— Oui, et souvent aussi l'on se ressent à jeun du courage qu'on s'est donné en se mettant le feu au ventre. En voici la preuve, messieurs, ajouta le capitaine Commère, en jetant sur la table une feuille de papier dont il défit les plis nombreux en les écrasant du plat de sa main. Ceci continua-t-il, est la copie du rapport concerté avant-hier, à la préfecture, entre le marquis de Castellane, le préfet et le général; il sera probablement signé demain, et envoyé ensuite en triple expédition au roi, au ministre de la guerre et au ministre de l'intérieur. Je vais vous en donner lecture, pour peu que vous teniez à vous entendre traiter, vous, colonel, d'imbécile, qui n'êtes qu'une machine à arrestation et à pillage entre nos mains; nous tous, messieurs, d'intrigans et d'ambitieux, et vous tous, braves verdets, Daussonne et maître Pierre, de gens prêts à vendre et à pendre père et mère pour un écu.

— Assez, mille dieux! assez! cria Daussonne en se levant de toute sa hauteur, je m'en vas trouver ce coquin de Castellane. Je vais lui faire voir que lorsqu'on a dans sa famille un compagnon des folies du marquis de Gavaret le faussaire, on ne doit pas traiter de la sorte le pauvre monde qui ne doit rien à personne... Il m'en rendra raison, ou, sapristie! je lui...

— Tu lui.... tu lui..... rien, dit Commère en l'arrêtant, ou d'un revers de main tout au plus, tu feras voler à dix pas sa perruque rousse; car tu n'auras par le cœur de lui faire autre chose; or, te figures-tu que sa tête pelée soit belle à voir? Allons, assieds-toi. Ce n'est pas à lui qu'il faut s'en prendre : il fait son métier, cet homme: mais le général ne fait pas le sien, et c'est lui qu'il faut remettre au pas.

— Messieurs, dit le colonel, il faut aller nous plaindre au maréchal Pérignon.

— Pour moi, messieurs, dit le blond Savy-Gardeilh, je ferai remettre à madame la duchesse d'Angoulême, quand elle viendra à Toulouse, une pétition apostillée par toutes les nobles dames de la ville.

— Je vais en écrire au duc d'Angoulême, moi, dit le capitaine Gondrin; je suis au mieux avec lui; car, à son dernier passage, il m'a complimenté sur ma musique. S'il ne nous rend pas justice, eh bien! il n'aura pas de sérénade; car je n'exécuterai plus mes solos de clarinette.

— Maréchal! duc! duchesse! vous ne savez ce que vous dites, s'écria enfin maître Pierre, qui avait, par des gestes assez significatifs, témoigné le mépris que lui inspirait ce bavardage de gens qui tournaient toujours sur eux-mêmes. Non, et je le maintiens, vous ne savez ce que vous dites.

— Pourquoi ne ne parles-tu pas, toi? riposta Daussonne, se rejetant en arrière sur son siége et regardant Pierre d'un air niais.

— Je vous ai dit tout ce que j'avais à vous dire, et je le répète: le général est un traître. Au lieu de prendre un parti, qu'avez-vous

fait? Le colonel a demandé des preuves : vous
lui en avez donné, et assez, Dieu me pardonne! pour faire mettre des cartouches dans
nos fusils et crier : Feu !

Au lieu de cela, vous voulez écrire au maréchal Pérignon, au duc d'Angoulême, à la
duchesse d'Angoulême, à qui encore ?.....
Voyons ; n'avez-vous pas encore quelque mar-
miton en cour qui vous protége? Il est beau ;
votre vieux maréchal ! Est-ce que vous ne vous
souvenez pas qu'il s'est laissé prendre au saut
du lit et emmener à son château par deux
gendarmes, après le 20 mars? Il est gentil et
puissant votre duc d'Angoulême! il n'a pas osé
seulement prendre sur lui, l'autre jour, de
faire une réponse à l'Académie des jeux flo-
raux, qui était venue le féliciter et lui offrir le
recueil de ses œuvres. *Je le dirai à mon oncle*
fut tout ce qu'on en put tirer. Il ira aussi le
dire à son oncle quand vous demanderez jus-
itce, et du diable si vous l'obtiendrez; car

c'est un roi fort peu royaliste que son oncle.
Vous espérez en la duchesse d'Angoulême?...
Oh! oui, celle-là, à la bonne heure, voilà un
homme! Malheureusement il porte des jupes,
et en France les jupes et les quenouilles ne
sont ni des nichées ni des griffes à ordonnances royales.

— Alors que voulez-vous que nous fassions ?

— Attendez, colonel, je vous le dirai quand
je vous aurai prouvé, par des faits, puisqu'il
vous en faut, que le général est un traître.

IX.

L'ACCUSATION.

———

Après le licenciement de notre armée sur la
Loire, l'escadron incomplet d'un régiment de
lanciers fut dirigé sur Montauban. Le dépit et
la consternation, empreints sur le visage des
derniers défenseurs de la France, contrastaient

trop visiblement avec la joie furibonde des
royalistes du Tarn pour que chez les uns il
n'y eût pas un mépris que les autres rendaient
en injures et en provocations. Il s'en suivit des
querelles qui, partielles d'abord, devinrent
bientôt générales. Toute une population n'eut
pas honte de se ruer sur quelques soldats af-
faiblis par la marche et les blessures, et plus
démoralisés encore peut-être par l'affreuse
conviction qu'ils erraient sans toit hospitalier
sur le sol d'une patrie à laquelle ils avaient
donné leur sang. Ils furent assaillis, et une
charrette chargée de bois à brûler fournit des
bûches pour les frapper. On pilla leurs pau-
vres petits bagages, et ceux qui ne demeurè-
rent pas étendus meurtris ou raides morts sur
la place, furent, à travers champs, poursuivis,
traqués et chassés. Heureusement la population des campagnes, à cette époque, avait
plus que la population des villes le véritable
sentiment de l'honneur national.

C'est que déjà 1814 avait renvoyé au labou-

rage beaucoup de vieux soldats qui avaient
fait leur part du sillon de gloire que l'empire
avait creusé à travers l'Europe. Aussi, en 1815,
pour les débris de l'armée, nos paysans fu-
rent-ils, en grand nombre, d'anciens compagnons d'armes. Les victimes de la réaction
royaliste des rives du Tarn trouvèrent donc
des asiles dans l'intérieur des terres. Il s'éta-
blit de chaumière à chaumière des relais de
bons secours, avec des guides pour la nuit,
et pour le jour, des vivres et un gîte. Ce fut
ainsi que, dormant le jour, marchant la
nuit, quelques lanciers arrivèrent, un à un,
à Toulouse, qui, Dieu merci, avait alors des
portes sans grilles ni verrous, sans mouchards
ni sentinelles.

Le général Ramel était certes fort loin d'a-
voir jamais passé pour un homme d'un dévouement éprouvé à la cause de Napoléon. Il
était redevable au roi Louis XVIII de son grade
de maréchal-de-camp. Ce fut là sans doute
la récompense de son initiation aux anciens

desseins de Moreau et de Pichegru, dont on avait voulu faire les Monk de la monarchie bourbonnienne. Quoique, après l'évasion de l'île d'Elbe, Napoléon l'eût continué dans son grade, le général Ramel se montra fort empressé de rendre au roi Louis XVIII la ville de Toulouse, dont Napoléon lui avait confié le commandement. Il avait donc accepté la restauration, non-seulement comme un fait accompli, mais comme la satisfaction de vieilles sympathies. Cependant le vieux soldat parfois faisait taire en lui l'homme de parti. Il offrit aux lanciers pour asile, jusqu'à des temps meilleurs, sa maison, que la preuve récente de la confiance royale avait jusque-là tenue à l'abri de l'espionnage tracassier des royalistes de la ville. Sans doute, en face de ses compagnons d'armes, il trouva en lui quelques regrets péniblement comprimés, quelques larmes silencieuses pour les infortunes de Napoléon, les désastres de nos armées et l'humiliation de la France, envahie deux fois. Mais

le gros du public l'ignorait; il ne savait et ne
voyait du général que le visage officiel, dont
celui-ci arrangeait l'enthousiasme d'apparat,
en revêtant son uniforme et en plaçant la cocarde blanche à son chapeau.

Du jour où les verdets s'aperçurent que le
général, non-seulement se passionnait fort
peu pour leur royalisme fanatique, mais qu'il
avisait aux moyens de le réduire à l'impuis-
sance, ils cherchèrent de leur côté à parer ou
à rendre le coup dont ils étaient menacés. De
leur existence en corps régulier, qui n'était
qu'une question de localité et de fractionne-
ment de parti, ils firent une question de gouvernement et de principe. Avant et depuis
Boileau, cela a toujours été, et cela sera toujours ainsi : *Qui n'aime point Cotin n'estime
point son roi :* donc, ne point aimer les verdets, c'était n'être point royaliste; et en ce
temps-là, ne point être royaliste comme l'é-
taient les verdets, c'était être jacobin ou bonapartiste — deux catégories qui formèrent la

matière à exil, à visites domiciliàres, à incen-
dies et à égorgement de l'époque. La haine
que les verdets portaient d'habitude à ces
deux classes d'hommes fut renforcée, en ce
qui touchait le général, de toute la haine que
leur inspiraient l'intérêt et l'esprit de corps.
Le général fut donc l'objet d'une haine bien
franche et bien cordiale. Or rien au monde
n'est clairvoyant comme la haine; ce qu'elle
ne voit point, elle le devine; et ce qu'elle ne
devine pas, elle l'invente avec toute les circonstances qui font que l'invention ressemble
à la vérité.

Les verdets se mirent à épier le général, à
torturer ses paroles, à commenter ses regards
et à trouver un sens à ses moindres gestes, à
ses plus insignifiantes actions. Malheureusement pour lui, sa noble conduite envers ses
compagnons d'armes ouvrit un vaste champ
aux commentaires empoisonneurs de l'esprit
de parti, qui comprend peu les nobles sentimens en dehors de ses affections. On s'étonna

d'abord de voir errer dans la ville quelques
nouveaux visages ; on se demanda bientôt ce
que pouvaient être des hommes fort peu à
l'aise dans des habits d'emprunt qui dessi-
naient mal leur allure ordinaire ; on suivit
leurs pas, on fit grand bruit d'abord de leurs
visites fréquentes, et ensuite de leur séjour
dans la maison du général. Alors arrivèrent,
avec force amplifications, les récits de la lutte
qui avait eu lieu à Montauban entre la population et les lanciers. En passant par les mille
voix de la foule, cette lutte devint une bataille rangée; ce n'étaient plus seulement quelques hommes mutilés qui avaient fait usage
de leurs armes : c'etait tout un escadron; ce
ne fut bientôt plus un escadron : ce fut un régiment au grand complet. Ce fut donc ce régiment tout entier qui s'était réfugié à Toulouse et que le général y tenait en réserve,
abrité dans sa maison, sous sa main, pour
ainsi dire. — Pourquoi cela ? dit alors la foule.

C'est la question que les verdets attendaient.

Ils se chargèrent de la réponse. Les armes déposées par les dix ou douze lanciers que le général avait recueillis, et qui avaient été vues on ne sait par qui, devinrent, grâce à eux, un arsenal ponr une révolte; les flammes des lances furent des drapeaux tricolores préparés pour un appel aux armes, et les réfugiés... des rebelles qui allaient tenter un coup de main pour le compte des bonapartistes.

Tels étaient les bruits que les verdets semaient habilement depuis quelques jours dans la population royaliste de Toulouse, qui les avait elle-même grossis, et s'en montrait fort émue. Maître Pierre en fit la base de son accusation contre le général Ramel. Il groupa si merveilleusement les faits même les plus éloignés et les moins connus; il en déduisit avec une logique si inflexible des conséquences si naturelles, si évidentes, que ces hommes, qui, en toute autre occasion, n'auraient pu, comme les augures de Rome, se regarder sans rire, finirent par se prendre au sérieux

avec leurs feintes terreurs, et par avoir foi
dans des paroles qu'ils savaient bien pourtant
n'être que l'exagération des méchants bruits
qu'ils avaient eux-mêmes répandus, et dont
leur conscience — si en ce qui les touche, les
partis avaient une conscience — leur pouvait
reprocher l'indigne fausseté.

L'accusation une fois lancée, le verdict de
ce jury de fanatique espèce ne tarda pas à être
rendu. Le général Ramel fut déclaré traître
tout d'une voix. Il ne fut plus question que
de lui appliquer les peines non écrites du
Code, que de toute éternité les partis formu-
lent à leur usage.

Eux aussi ont large choix et se peuvent élever progressivement d'un minimum qui renferme l'injure, la menace, les flétrissures, le
pillage et l'exil, à un maximum dont le dernier mot est la mort.

Eux aussi, quand leur tribunal secret a
prononcé, ont à leurs ordres le bourreau qui
exécute leur sentence. Des milliers de voix la

proclament, des milliers de bras lui font sortir son plein et entier effet ; et tout cela pourtant ne forme qu'une seule voix, qu'un seul homme, aveugle, inintelligent, sans industrie, sans ame, sans convictions, passant avec le même enthousiasme de l'échafaud d'un roi aux gémonies d'un tribun ; de la croix d'un Dieu aux auto-da-fés d'un sectaire, et ce formidable exécuteur des hautes œuvres que les factions traînent à leur suite, qui n'est ni chrétien, ni juif, ni catholique, ni protestant, ni de la foi de Mahomet, ni de celle des Indous ; pas plus Anglais que Russe, pas plus Français qu'Espagnol, pas plus républicain que monarchiste, sans nationalité et sans croyances, toujours le même, en tous temps, en tous lieux, sous tous les climats, au nord comme au midi, à l'orient comme au couchant, à l'enfance des sociétés comme à l'apogée de leur civilisation et à la décadence de leur décrépitude... ce bourreau tuant aujourd'hui pour le compte de celui qu'il tuera demain, tuant

pour tuer, tuant toujours, sans pitié, sans remords, se nomme POPULACE.

Or les verdets avaient, en plus d'une occasion grave, essayé leur influence sur la populace toulousaine et appris tout ce qu'ils en
pouvaient attendre. Aussi, en vue de l'avenir
et à tout événement, ne manquaient-ils pas
chaque soir de la réunir et de la lancer par petites bandes dans des excès qui ne passaient ni
les injures, ni le bris des vitres, ou tout au
plus la flagellation. Ces messieurs appelaient
cela la tenir en haleine, lui faire la main, et
peloter en attendant partie.

Il ne s'agissait donc plus que de savoir jusqu'où devait aller la besogne de l'exécuteur.

Les timides, ceux que l'on nomme les modérés dans les partis, gens sans énergie pour
le bien comme pour le mal, furent consultés
et parlèrent les premiers. C'est la tactique
que, dans les factions qui délibèrent, suivent toujours les plus audacieux, les meneurs!
Ils ne laissent point ainsi derrière eux tout le

bagage des circonlocutions, des doutes et des
ménagemens qui se ferait lourd à leur bras,
ou se jetterait à travers leur marche pour les
faire trébucher; ils le combattent et le forcent
à se replier à mesure qu'il se redresse, et
quand il n'élève plus la tête ni la voix, quand
il se tient coi, comme Sosie qui a soufflé sa
lanterne, alors les forts et les habiles, courent
à travers les champs, serrent leur dialectique,
chauffent l'enthousiasme, et entraînent vers
leur but, dans le soleil tournant de leurs paroles et de leurs dilemmes, les bonnes gens
qui n'ont plus dans l'esprit une pensée, ou
sur les lèvres une parole dont les calculs arrangés de l'indignation et du dedain n'aient
fait justice.

— Si on lui faisait donner un *charivari* à
grand orchestre avec batteries de cuisine, et
accompagnement de chansons pour la circonstance, dit le colonel.

— En vérité, dit maître Pierre! vous ne le
traiterez donc pas autrement que le vieillard

qui épouse en secondes noces une jeune fille,
ou la vieille femme qui fait d'un jeune garçon
son troisième mari? Il vous rira au nez. D'ailleurs, le prenez-vous pour un essaim d'abeilles
que vous pensiez le faire fuir au bruit des
chaudrons. Allez, messieurs, le général vaut
bien les frais d'une autre sérénade.

— Nous y voici, dit le capitaine Commère,
nous mettrons tous les petits polissons de la
ville à ses trousses.

— C'est aux vôtres qu'il faudrait les mettre,
reprit encore l'inflexible Pierre. Oui, pardieu,
aux vôtres, messieurs, qui faites à Ramel
l'honneur de le prendre pour fou. C'est bon,
cela pour ce pauvre M. Caseaux qui dans son
habit de camelot noir, ou de soie vert-pomme
sur lesquels se retrousse sa petite queue pou-
drée, s'en va dans les promenades publiques
débitant des aphorismes et des vers de Virgile
ou d'Horace aux enfans et aux jeunes hommes
qui le suivent et qui se disent ses disciples,
croyant le railler, tandis que lui se fait fête de

ce titre. C'est bon encore pour cet imbécile de Montgascon, qui se croit ambassadeur du grand Turc et distribue des flots de rubans aux enfans qui le suivent et qu'il appelle des courtisans à sa suite. Mais le général, Messieurs, n'est pas un fou; c'est un méchant et un traître; traitez-le donc comme tel.

— Allons, je me dévoue, dit le grand Daussonne, je demanderai seulement si M. de Savy Gardeilh père fera aussi la sourde oreille.

— Je réponds de lui, dit le capitaine fils, de ce commissaire central de police.

— En ce cas, répliqua Daussonne, je mènerai au général Ramel, sur la place des Carmes, les rudes symphonistes qui dans la rue du Cheval-Blanc ont forcé M. de Malaret à déguerpir de la ville, déguisé en femme.

— La belle avance ! riposta maître Pierre, quand vous aurez fait la besogne et obtenu le résultat de chats qui miaulent sur les toits. D'ailleurs, Messieurs, vous vous répétez; il faut faire mieux ou ne pas s'en mêler. Au de-

meurant, M. de Malaret était un bon homme,
fort inoffensif et qui s'est toujours bien trouvé
de plier sous tous les orages, quitte à se relever après. Mais le général, c'est autre chose!
Je doute d'abord que les cotillons de femme,
qu'a pris pour fuir l'ancien maire de Toulouse, s'arrangent sur l'épée que porte le général;
et, en supposant que cela soit pour une nuit,
croyez que, les portes de la ville passées, il jet-
tera son accoutrement aux orties, et que pour
nous le brosser sur le dos il reviendra le lendemain à la tête de quelque bon régiment de
cavalerie : celui qui est à Narbonne, par
exemple.

— Ah, dame! cela se pourrait bien, c'est
une mauvaise chance. Il faut y parer, dit le
colonel.

— Le moyen est simple : que le général ne
sorte pas de Toulouse.

— Qu'en ferons-nous donc?

— Comment! vous ne comprenez pas?
Faut-il appeler brutalement les choses par

leur nom? Quelqu'un vous gêne, vous voulez vous en débarrasser, et cependant vous ne vous souciez pas qu'il prenne la fuite. Je n'y vois qu'un moyen.

— Quel est-il? dirent-ils tous ensemble.

— Je vous préviens, Messieurs, qu'il a l'avantage de réunir à lui seul les trois moyens proposés. D'abord il y aura tous les instrumens de cuivre recommandés par l'humeur charivarisante de notre cher colonel.

— Bravo! dit celui-ci en riant benoitement.

— Après cette ouverture à grand orchestre, nous prierons le capitaine Commère d'aller avec les petits polissons de la ville attendre le général à la porte de la maison de la fille Diozi où il dinera ce soir; il faut au général une escorte qui le mette tellement hors de lui que, lorsqu'il arrivera du côté où Daussonne sera posté avec ses symphonistes de la rue du Cheval-Blanc, le pauvre homme fasse quelque bonne équipée qui nous force pour notre

honneur ou notre santé à arrêter le jeu de ses
bras ou de sa langue.

— Diable! diable! disait le colonel, en passant ses doigts derrière l'oreille. Il ne voyait
pas trop où on le menait, l'imbécile, mais il
sentait qu'on le menait plus loin que son courage ne pouvait aller.

— Dans ce que dit maître Pierre, reprit le
capitaine Savy-Gardeilh faisant le bel esprit,
je vois une façon de drame; le charivari pour
ouverture; les polissons et le capitaine Commère pour le premier acte; pour le second
Daussonne et les symphonistes de M. de Malaret, dont certes plus que personne j'honore
le savoir-faire. Mais où est le troisième acte? Je
vois bien la péripétie, mais où est le dénouement? Je vois bien les moyens, je ne vois pas
un résultat. Après les polissons et les symphonistes, y a-t-il d'autres personnages pour le
dénoûment, ou bien ceux qui ont commencé
l'action seront-ils chargés de la mener à fin?

— Non, messieurs, dit Pierre, j'ai à moi.

ma réserve, celle qui aurait donné dans la rue du Cheval-Blanc, si M. de Malaret avait voulu tenir bon, au lieu d'escalader, pour fuir, les murs de son jardin ; ou si, pour parler plus franchement, nous n'avions pas eu affaire à des gens qui se croient débarrassés d'un ennemi quand ils lui ont fait quitter la place. Pour moi, messieurs, j'estime qu'on n'est jamais plus maître du champ de bataille que lorsque l'ennemi y est étendu tout de son long.

— Tu aurais plus tôt fait cent fois de nous dire tout bonnement : il faut tuer le général, ajouta Daussonne.

— Eh bien! c'est toi qui t'es chargé de dire le mot dont j'ai donné la paraphrase.

— Mais..... mais..... pas possible, balbutia plus bêtement encore le pauvre colonel.

— Eh! laissez donc, messieurs, dit avec un ton marqué de raillerie le blondin Savy-Gardeilh : Maître Pierre, pour parler de la sorte, s'imagine que la haute tour carrée qui flanque les remparts de la ville du côté de la porte

Arnaud-Bernad a perdu son très respectable et très antique locataire (1).

— Pardieu, capitaine, et quand cela serait? Vous vous êtes bien imaginé, vous, en ruant Daussonne contre la porte de M. de Malaret, qu'il n'y avait plus, contre les émeutes et le tapage nocturne, de juges au Grand-Sénéchal; je peux bien m'être mis en tête, moi, pour tuer le général, que puisqu'il n'y avait pas de juges, il n'y aurait pas de bourreau; trouvez-vous que ce soit logique, monsieur le capitaine? Or, votre père, qui a fait l'aveugle et le sourd pour n'avoir pas à vous accuser devant les uns, pourra bien, ce me semble, me rendre le même service pour ne point me livrer à l'autre; qu'en dites-vous, hein?

— Sans doute, mon ami, sans doute, et nous aviserons à ce qu'il en soit ainsi, reprit le capitaine un peu démonté par cet argument

_____

(1) C'est le logement de l'exécuteur des hautes-œuvres. On l'appelle _la tour du bourreau._

à brûle-pourpoint. Mais avant d'en venir à
cette violence contre un général nommé par
le roi, ces messieurs auraient peut-être besoin
d'être un peu plus convaincus de l'impossibi-
lité où nous sommes d'obtenir justice ou vengeance par des moyens moins extrêmes.... A
moins, maître Pierre, que vous ne soyez poussé par quelque motif de haine personnelle....
Mais entre vous.... et le général.... je ne vois
pas....

—Ah! capitaine, trêve de ces petits grands
airs avec moi, reprit maître Pierre en bondissant sur sa chaise, et tout grand debout il
frappa du poing sur la table, à la briser. Vous
ne voyez pas, vous ne voyez pas, vous!.... Et
qu'avez-vous besoin de voir, s'il vous plaît?
Lorsque vous m'avez dit, vous, colonel : —
Maître Pierre, il faut que Boyer-Fonfrède soit
chassé de la ville par la populace, et au nom
du roi! vous ai-je demandé, moi, si vous ne
vous vengiez pas un peu de ce que, dans ces
pamphlets, dont, à la suite de sa banqueroute,

il a inondé Toulouse, Boyer-Fonfrède prouvait trop clairement, qu'attelés à la même entre-prise, vos deux fortunes avaient joué à la bas-cule ; que vous, qui n'aviez pas le sou, étiez devenu riche, et que lui, qui était riche, était descendu au-dessous de zéro ?

Et vous, capitaine Commère, quand vous avez fait traquer par ma compagnie l'avocat Romiguière, vous ai-je demandé si ce n'était point parce que, durant les Cent-Jours, tan-dis qu'il était commissaire-général de police il avait voulu réveiller avec plus ample instruc-tion certaine affaire assez vilaine, dont, quand il était avocat, il avait été chargé contre vous ?

Et vous, M. Savy-Gardeilh, pour chasser de Toulouse M. de Malaret, au moment même où il venait d'être nommé par le roi président du collége électoral, vous ai-je demandé si vous ne vous vengiez pas du refus que l'ancien maire de Toulouse vous a fait de la main et de la fortune de sa fille ; ou si vous ne le punis-siez pas de ce qu'il avait emporté cette présidence que vous aviez assez fatuitément rêvée pour votre père, le commissaire de police!

Et toi, Daussonne, quand, sous prétexte de rechercher le brave capitaine Arthaud, tu as fait tout briser dans le magasin de son père, t'ai-je demandé si tu ne lui gardais pas rancune de ce qu'il t'avait, par huissier, fait demander le prix des six couverts d'argent qu'il t'avait vendus, et que tu avais oublié de payer après la mort de ta sœur et l'ordination de ton frère l'abbé?

Et je n'en finirais pas, messieurs, si je passais en revue tous les véritables motifs qui, pour fouiller la ville de fond en comble, se sont cachés derrière votre zèle pour le service du roi. Je les connais tous. Vous me disiez : Il faut aller là, maitre Pierre! j'y allais. Il faut faire cela, et c'était fait. Que m'importaient à moi vos raisons? Vous me demandiez un service, je vous le rendais. Je ne vous en ai jamais demandé, moi! non, je ne vous ai jamais *recommandé* ni celui-ci, ni celui-là, j'ai tou-

jours frappé pour votre compte... Et aujour-
d'hui que je vous prie de me donner un petit
coup de main, il vous vient des scrupules!...
A charge de revanche, messieurs, car je pense
bien que vous avez encore besoin de maître
Pierre. Oui, oui, mes bons messieurs, le zèle
de la maison de Bourbon vous dévore, et jusqu'à ce qu'il soit éteint, vous avez bien des
rancunes à satisfaire, bien des humiliations à
venger, bien des maisons riches à dévaliser,
en commençant par la cave, et à flageller ou
à couvrir de boue beaucoup de braves gens
qui vous font rougir. Eh bien ! messieurs, je
vous souhaite de pouvoir alors vous passer de
moi, comme je saurai me passer de vous aujourd'hui.

Cette menace était loin de faire les affaires
de la bande royaliste, qui ne se sentait pas de
taille à exécuter sans maître Pierre les belles
tyrannies dont elle avait si bonne envie.

— Voyons, voyons, dit le colonel, tout peut

s'arranger. Diable d'homme, va! on ne peut
pas raisonner avec lui le moins du monde.

— Mon Dieu, reprit le capitaine Commère,
on ne demande pas mieux que de vous être
être agréable, maître Pierre. Ce qu'on vous
disait était par manière d'acquit, pour savoir
à quoi s'en tenir; une de ces petites justifica-
tions qui rassurent les consciences.

— Et puisque vous avez des motifs parti-
culiers, maître Pierre, ajoutait Savy-Gardeilh,
nous sommes gens à les servir, sans même
nous inquiéter de ce qu'ils peuvent être.

— Si, si, messieurs, il faut s'en inquiéter,
moi, du moins, sinon vous; sinon pour vous,
au moins pour moi; pour la justification de
la conscience, comme vous dites, quand on en
a une. Tout aussi bien devez-vous savoir et qui
je suis, et qui m'a fait ce que je suis.

X.

RÉVÉLATIONS.

———

—Messieurs, continua maître Pierre, je n'ai pas toujours tordu la paille ou tourné le hêtre ou l'acajou. En récompense des services rendus par mon père, une noble et ancienne famille du Quercy m'accueillit pauvre et orphe-

lin. Retirés dans leur château de Castelnau, à
quelques lieues de Cahors, les frères de Belloc,
deux braves gardes-du-corps du roi Louis XVI,
avaient porté sur moi leurs affections, que je
partageais avec la fille de la marquise de S....
leur sœur, égorgée à Saint-Domingue. L'édu-
cation de leur nièce et la mienne faisaient toute
leur sollicitude comme nos jeux faisaient tous
leurs délassemens; et peut-être sur cette amitié d'enfant avaient-ils fondé d'autres projets.
Un jour, fortune, château, livres et maîtres,
joies et bienfaiteurs, tout disparut. J'avais
quinze ans.

C'était en 1791; le 15 août, le jour de la fête
de la Vierge, comme aujourd'hui ; la terre
brûlait sous un ciel de feu. — Jours de crimes
ou de gloire pour les hommes, car les têtes
mordues par un soleil des tropiques s'exaltent
et s'échauffent aux énergiques et farouches
passions qui fermentent au désert.

La commune de Castelnau fut envahie par
un bataillon de gardes nationales venu de Ca-

hors pour installer au presbytère un curé con-
stitutionnel. Une vive opposition se manifesta
parmi les habitans de cette petite commune.
Une lutte s'engagea, et le château des messieurs de Belloc, connus par leurs opinions
royalistes, fut toute la journée l'un de ces mille
champs de bataille où, sur tous les points de la
France, se ruaient à toute heure, pour un
combat à mort, les deux principes qui depuis les guerres de la Jacquerie, s'étaient toujours tenus armés : l'aristocratie, d'un côté;
la démocratie de l'autre.

Je combattis à côté de mes bienfaiteurs ;
mais le courage ne pouvait rien contre le nombre. Les deux frères furent outrageusement
frappés, lâchement égorgés, le plus jeune surtout, au moment où, après avoir parlementé,
il venait d'ouvrir les portes de sa chambre, où,
en se battant toujours, il s'était réfugié. Il fut
atteint au côté gauche d'un coup de feu que
le capitaine du bataillon, un jeune homme,
lui tira à bout portant ! J'allais me jeter sur

l'assassin quand l'irruption du bataillon entier
me sépara de ce misérable. Bientôt, dans l'intérieur des appartemens, des cris de femme se
firent entendre. Je compris alors qu'avant de
venger les morts, j'avais à sauver la vie à ce
qui restait de la famille de mes bienfaiteurs...
Hélas! n'échappant aux rires insolens et aux
propos grossiers des uns que pour tomber dans
les bras libertins ou sous les lèvres vineuses
des autres, la dernière héritière des Belloc,
échevelée, en désordre, les yeux baignés de
pleurs , mourante de honte et de lassitude,
était poursuivie de chambre en chambre, d'é-
tage en étage. Je m'armai d'une hache, et je lui
fis un rempart de mon corps. On m'aurait tué,
si, s'élançant sur l'entablement d'une fenêtre,
la jeune fille n'eût menacé de se précipiter sur
les baïonnettes dans la cour, au premier mouvement qui serait fait pour s'emparer d'elle.

Le commandant du bataillon arriva; sa vue
ranima ma rage, et je m'élançai vers lui la hache haute; un coup de baïonnette dans les

reins m'arrêta, et me fit tomber en arrière. —
Qu'on ne lui fasse point de mal, dit le commandant, c'est un fou! Liez-lui les pieds et
les mains, nous irons l'attacher à un arbre du
parc. Il a une fièvre chaude, dit-il en ricanant,
la rosée de la nuit lui fera du bien. Allons,
que tout le monde sorte. Et vous, mademoi-
selle, dit-il à la jeune fille qui, en me voyant
frappé à mort, avait oublié ses dangers pour
courir à moi, ne nous faites plus de cés sortes
de frayeurs, que diable! et il accompagna cela
de regards, de serremens de mains et de
propos tels qu'un misérable comme lui, couvert de sang, un peu pris de vin, en pouvait
adresser à une pauvre fille, qui avait épuisé
en mille luttes sa dernière énergie, qui ne
voyait plus, n'entendait plus, et, qui se sachant
presque nue sous tant de regards, en était à
espérer que Dieu lui enlèverait le sentiment
et la vie avant que son corps ne fût livré à la
souillure.

Pour moi, je fus traité comme le comman-

dant l'avait ordonné. On me lia les pieds et
les mains. Je fus attaché à un arbre au moyen
d'un câble qui me serrait la ceinture; et comme, par suite de l'affaiblissement que me faisait éprouver la perte du sang qui coulait de
ma blessure, la partie supérieure de mon
corps retombait toujours en avant, on trouva
plaisant de me passer au cou une corde, qui,
en me fixant à l'arbre, me forçait à me tenir
droit...

   Ainsi je passai la nuit. J'entendais les chants
de victoire, les clameurs farouches de l'orgie
à laquelle se livrèrent les gardes nationales de
Cahors. Puis, quand le marteau eut démoli
tout ce qu'il pouvait démolir, quand les pillards eurent ravagé et pris tout ce qui se pouvait déplacer et emporter, quand les serru-
riers, les menuisiers, les plombiers, les mer-
ciers du pays eurent enlevé le fer des grilles
et des portes, les plombs des conduits et des
terrasses, les beaux meubles, les riches tentu-
res, tout le linge qu'ils trouvèrent à leur con-

venance, une ronde infernale commença. Les
étoiles qui scintillaient au ciel disparurent
dans des nuages de fumée, et le vent m'ap-
porta au visage la chaleur et les étincelles du
feu qui consumait le château.

Le jour parut; les voix rauques ne hurlaient
plus leurs chants de victoire; l'orgie trébu-
chante s'éloigna au son du tambour; et les
dernières lueurs de l'incendie luttèrent et pâlirent devant les premiers rayons du soleil.
Mais je n'avais déjà plus le sentiment de
l'existence : le bruit, la lumière et les ombres
n'arrivaient que confusément à moi; car ma
tête s'était inclinée, et, entraînée par son pro-
pre poids, avait fortement comprimé mon
cou contre la corde qui le serrait; alors le froid
du matin, qui avait raidi mes membres et
engourdi mon sang, m'amena cette torpeur
qui suit le sommeil funeste qui, en peu d'heures, s'il se prolonge, devient la mort.

Mais Dieu me prit en pitié. Le sang, qui
déjà se retirait vers le cœur devant le froid

qui venait des extrémités, refoula le froid, à
son tour, sous la chaleur qui parcourait mes
chairs. Il me semblait qu'à mes côtés une voix
amie prononçait mon nom et que des larmes
tombaient tièdes sur mes joues. L'air arrivait
plus vif à mes poumons, et celui qui les avait
long-temps comprimés se put exhaler en liberté. Je sentis le besoin d'agir et je pus étendre mes bras, où je ne ressentais plus que la
douleur sourde qu'a provoquée une longue
gêne; ma tête ne battait plus sur mes épaules comme celle d'un pavot qui tient encore
à sa tige brisée. Je vivais, et pourtant j'hési-
tais à ouvrir les yeux, tant je craignais que le
bonheur de me sentir vivre, si doux, si intime,
ne vînt se briser à ce dernier essai des facultés
de l'existence. Que vous dirai-je enfin?... Auprès de moi était la nièce de MM. de Belloc.
C'est elle qui avait coupé les cordes de mon
supplice; c'est elle qui m'avait traîné au soleil, en plein soleil du mois d'août, dans les
champs, et la vie m'était revenue sous les

âpres ardeurs de ses rayons; c'est sa voix que
j'avais entendue; c'est son souffle que j'avais
senti sur mon front; c'est sur ses genoux que
ma tête était posée; et quand j'ouvris enfin les
yeux, ce fut sur les siens que mes regards se
reposèrent... Mais, ô mon Dieu! à la voir ce
qu'elle était, je vous aurais blasphémé de m'a-
voir rappelé à la vie; si l'idée ne m'était venue
que vous m'aviez réservé pour être l'instru-
ment aveugle de votre vengeance. Et je le se
rai, messieurs; car Dieu n'a pu vouloir qu'une
et jeune innocente fille de seize ans ait été,
toute une nuit, jetée, sans vengeance, ici-bas,
aux passions brutales d'une foule d'égorgeurs
et de pillards, et livrée aux caresses d'un chef
qui l'a violée sur des décombres, à la lueur
de l'incendie. Dieu n'a pu vouloir que depuis,
et toujours sans vengeance, elle ait traîné jusqu'ici, dans la misère et l'humiliation, une vie
déshonorée, avec un enfant sur les bras ou à
son chevet, pour lui rappeler et à toute heure
son martyre et sa honte... Non, messieurs,

Dieu ne l'a pu vouloir; car Dieu est juste :
aussi Dieu ne le veut point! Aussi, après trente
ans, l'heure de sa justice a sonné, et il m'a
choisi pour l'exécuteur de ses œuvres, moi
qui depuis cette nuit maudite ai fait serment
de ne pas abandonner la nièce de mes bienfaiteurs, de la protéger, de lui donner du pain
et de la venger. Dieu n'a plus à me demander
compte que de la dernière partie de mon serment; car, pour l'héritière des Belloc, j'ai
mendié, j'ai subi toutes les peines d'une vie
pauvre et délaissée; pour elle je travaille encore, et tous vous pouvez dire si tout ce qu'un
ouvrier laborieux peut donner d'aisance et de
bonheur dans sa boutique a jamais manqué
à Marguerite et à sa fille.

— Marguerite! crièrent-ils tous à la fois.

— Oui, messieurs, Marguerite est la nièce
des frères Belloc, et Marie, sa fille, est l'enfant
engendré dans cette nuit d'orgie, de pillage et
de meurtre; de même que voici, dit maître
Pierre en ouvrant le coffre placé devant lui et

en jetant avec violence sur la table les effets
qu'il contenait, de même que voici les cordes
qui ont garrotté mes mains et serré mon cou,
comme aussi voilà les vêtemens déchirés que
portait la victime de tant d'ignobles débau-
ches. A présent, vous savez qui je suis, et d'où
me vient le surnom de *Pingeat,* accolé à mon
nom.

Tous ces hommes, l'œil en feu, les poings
fermés, bondirent à la fois sur leurs siéges
comme si une commotion électrique les eût
soulevés.

— Et à présent, continua maître Pierre,
croyez-vous, messieurs, que tout cela vaille
bien la mort d'un homme ?

— Oui, la mort ! crièrent-ils tout d'une
voix.

— Son nom et sa demeure, dit Daussonne,
et je veux que mon sabre lui fouille les entrailles et les mette au soleil.

— Je l'ai long-temps cherché, reprit maître
Pierre d'une voix qui était devenue triste et

grave. Après être bien des années resté caché
dans les ruines du château de Castelnau, où
la charité nous nourrissait ; quand je pus,
sans compromettre, par ma mort, l'avenir de
Marguerite et de sa fille, me montrer déguisé
dans la ville de Cahors, j'appris que la plupart
des gardes nationaux qui avaient incendié le
domaine des Belloc étaient partis dans un bataillon de volontaires à la nouvelle des dangers
dont la coalition mal formée de l'Europe menaçait la France. Quand je voulus savoir au
moins le nom du chef qui avait eu ce jour-là
le commandement des gardes nationales, il y
eut incertitude et variations ; trois ou quatre
noms furent prononcés, et toute identité me
parut douteuse.

Ah, diable! dit le commandant en renouvelant le geste favori de sa stupidité. Mais alors,
je ne vois pas ce que tout cela peut avoir de
commun avec le général Ramel.

— Le voici. De tous ces hommes qui ont
pris part au sac et à l'incendie du château des

Belloc, il n'en est qu'un dont le visage soit resté dans ma mémoire, car celui-là, tant qu'il exécutait son œuvre de bourreau, je l'ai vu face à face ; j'ai senti son souffle sur mon front qui brûlait, ses mains sur mes mains et ses genoux sur ma poitrine ; j'ai entendu sa voix quand il m'accablait d'outrages et de railleries. C'est lui qui a garrotté mes mains et attaché à mon cou la corde qui me clouait à l'arbre. Eh bien ! celui-là, après trente ans, existe encore.

— Et qui l'a vu ? dirent-ils tous.

— Moi.

— Tu l'as bien reconnu ?

— Oh! oui, bien reconnu.

— Où ?

— A Toulouse.

— Quand ?

— Aujourd'hui même ?

— Quel est-il ?

— Un officier de lanciers. Il demeure chez le général.

— Et d'un ! dit Daussonne. Et l'autre ?

— Avec celui-ci, je saurai si je ne me suis pas trompé, reprit maître Pierre; car Dieu, je crois, m'a fait la grâce de prolonger la vie de l'autre jusqu'à ce jour.

— A la bonne heure, dit Daussonne, d'une pierre deux coups.

— Attendez, attendez, dit le colonel; il faut savoir si les soupçons sont fondés.

— C'est mon affaire, messieurs. Voici toujours sur quoi ils reposent. M. de Belloc, celui qui fut si lâchement assassiné à mes côtés, portait au doigt un fort beau diamant d'un très grand prix, et monté à l'antique. Durant l'orgie des vainqueurs de Castelnau, un garde national le fit voir à ses camarades en disant que pour s'en emparer il avait été obligé de couper d'un coup de sabre le doigt de M. de Belloc. Le commandant du bataillon, jouant la colère, l'arracha des mains de son camarade, et; devant la bande joyeuse, le passa au doigt de Marguerite, comme si c'eût été son présent de noces ; et Dieu seul sait quelles humiliantes plaisanteries accueillirent cette boutade galante et sentimentale du libertin possesseur de Marguerite.

Mais après le départ du bataillon, quand, délaissée, mourante et flétrie, Marguerite revint à la vie et au sentiment de sa déplorable destinée, elle ne retrouva plus le diamant à sa main. Eh bien ! après trente ans, Dieu m'a fait retrouver cette bague comme il m'a fait retrouver mon bourreau.

— Aux mains de qui ? dit le commandant.

— De Ramel, répondit Pierre.

— C'est dit ; mort à Ramel ! cria Daussonne.

— Oui, mort à Ramel, répliqua maître Pierre, si Ramel a été le chef du bataillon qui a brûlé Castelnau ; car il ne peut donner ni un époux à Marguerite, ni un père à Marie.

— Pierre, dit le colonel, vous avez pour ce soir le commandement de nos compagnies : voici des ordres en blanc. Capitaine Angladet,

vous prendrez sur les fonds que je vous ai remis ce qui sera nécessaire pour d'amples libations à l'auberge de Gaubert.

— Les cœurs les plus timides sont après
boire des cœurs de lion, dit le capitaine Commère.

— Et les bras sont de fer, et le corps
d'un ennemi sert d'enclume, ajouta Daussonne.

Tout fut dit, et le conseil se sépara après
quelques menues dispositions pour mettre fin
à la besogne qui devait se faire dans la soirée.

— Hélène, dit maître Pierre, resté seul avec
cette jeune femme, je vous ai livré mon secret; mais, dans les terreurs qui vous ont assaillie durant mon récit, j'ai surpris le vôtre.
Avant même tout ceci vous aviez, je l'ai bien
vu, connaissance de ce qui s'est fait à Castelnau. Vous ignoriez quelle était la victime, mais
vous saviez quel était le bourreau, ou du moins
le complice du bourreau. Je vous défends de
sortir de votre chambre, vous vous perdriez

sans le sauver; car sa vie ou sa mort ne dépendent plus de lui. Il ne peut changer le passé, et par ce qu'a été pour lui la nuit du 15 août 1791, nous verrons ce que sera la soirée du 15 août 1815. Dieu fera justice, je ne suis plus que l'exécuteur aveugle des desseins de la Providence.

Après ces menaces pour adieu, Pierre sortit. Hélène n'eut la force ni de le supplier, ni de le maudire; il lui semblait qu'après trente années tous ces hommes arrivaient au but marqué par le doigt de Dieu!

XI.

LA FARANDOLE.

———

La nuit était venue, belle et étoilée.

Une bande de vingt-cinq à trente verdets déboucha tout à coup de la porte Arnaud-Bernad. Ils sortaient de la taverne de Gaubert, où depuis quatre heures, suivant les instruc-

tions de maître Pierre, le capitaine Angladet
chauffait, à table, l'enthousiasme de ces sep-
tembriseurs à cocarde blanche. La voix rau-
que, et chancelant sur leurs jambes, ils bran-
dissaient des sabres et des bâtons et hurlaient
les chansons royalistes du temps, que termi-
nait toujours une menace de mort. Cette
bande s'était grossie en chemin de tous ces
enfans qui, la tête et les pieds nus, — de toutes
ces femmes qui, les cheveux en désordre, les
vêtemens délabrés et le visage enluminé, pré-
cèdent et flanquent, dans les grandes villes,
la marche des tambours et de la musique des
régimens ou des troupes équestres, celle des
condamnés à mort, et les promenades des
saltimbanques en paillettes et des chiens habillés; — population de lazzaroni, hâve et paresseuse, qui, à la moindre rumeur, s'élance
de tous les carrefours, se montre à tous les
coins de rue, et se groupe avec une si effroyable promptitude dans les lieux mêmes où on
la doit attendre le moins, qu'elle semble,

comme une fourmillière, sortir de dessous les pavés.

Lorsque cette foule turbulente et avinée fut arrivée sur la place Royale, elle forma une chaîne pour danser la farandole, danse tumultueuse et rapide, dont la ronde du sabbat, avec ces enlacemens frénétiques, ses poses effrontées et son tournoiement convulsif et rapide, peut à peine donner l'idée.

La farandole, telle que celui qui écrit ces lignes l'a vue, aux mauvais jours de la réaction de 1815, la farandole était la mise en branle de toutes les passions mauvaises et ridicules. Il y avait des ambitieux qui, en précipitant le mouvement de la mesure et en élevant au diapason le plus haut la voix qui l'accompagnait, étant sûrs de l'emporter, pour un emploi, sur le fonctionnaire en exercice, dont les jambes étaient plus lourdes, dont la voix était plus grêle. Il y avait des coquins de neveux qui se vengeaient, comme Henri IV se vengeait de Mayenne, du gros et gras parent qui faisait

attendre longtemps sa succession. Il y avait des
haines qui, pour se satisfaire, au moment où
la danse était emportée dans son plus rapide
mouvement, lâchaient tout à coup la main
qui, ainsi qu'un anneau à une chaîne, liait à
la ronde un ennemi; et celui-ci alors lancé
comme une roue détachée d'un char au galop., s'allait heurter violemment contre les
maisons et le pavé, d'où on le relevait san-
glant et foulé aux pieds, quand l'inexorable
ronde était passée. Et le libertinage, donc! et
le vol! comme, ensemble ou séparément, ils
se jouaient des poches et des goussets, des riches étoffes, des bijoux et des dentelles!! Et
cependant la ville entière se ruait dans l'ignoble farandole, ceux-ci par enthousiasme, ceux-
là par calcul, les autres par peur!

Les enfans d'une même rue la commen-
çaient en dansant autour d'un feu de joie.
D'autres feux s'allumaient dans des quartiers
prochains, et la ronde, agrandie, roulait vers
la place voisine, autour de nouveaux feux.

Comme un torrent qui entraîne dans son lit tout ce qui se trouve sur ses rives, elle attirait à elle tout ce qu'elle rencontrait sur son passage. Bientôt l'enthousiasme gagnait de proche en proche, montait d'étage en étage ; et, entraîné par une puissance fascinatrice et irrésistible, descendait dans la rue, pour se jeter dans le tournoiement rapide de cette chaîne, dont on voyait incessamment se multiplier les anneaux. On eût dit cette danse fantastique du moyen âge, emblême du grand niveau passé sur toute la société, et où la mort, menant le branle, entraînait dans le même quadrille le pape et l'humble moine, le simple soldat et l'empereur, la princesse et la chambrière. La farandole roulait pêle-mêle les habitans de quartiers divers ; l'artisan d'Arnaud-Bernad donnait la main à la grande dame de la rue des Nobles ; le batelier du port Garau pressait de ses bras vigoureux la fine taille de la sémillante modiste du quartier Saint-Rome ou de la rue Croix-Baragnon ; les fils de bonne

maison de la rue Tolozane et de la place Mage
coquetaient auprès des filles des gros marchands de la Pierre. Pas de style, pas de pin-
ceau d'artiste qui puissent peindre la farandole, lorsque, ainsi lancée et agrandie, elle se
roule comme une ceinture qui tourne, tourne
toujours aux flancs de la ville tout illuminée,
dont les maisons seules sont muettes et dé-
sertes.

Je ne sais, en vérité, quelles images assez
animées, quelles teintes assez chaudes, pourraient surtout donner une idée de celle qui,
dans la nuit du 15 août, partie de la place
Royale, aux hurlemens des verdets, arrivés
ivres d'Arnaud-Bernad, s'en vint, toujours
hurlant, toujours gonflée dans sa course, en
suivant les rues Saint-Rome, des Changes et
des Filatiers, dérouler ses interminables replis
sur la place des Carmes. Là, après s'être tor-
due sur elle-même, devant la maison du général Ramel, elle se lança dans la rue Pharaon,
la place des Salins, la grande rue des Nobles;

se tordant de nouveau sur la place de la Ca-
thédrale, et, courant dans les rues Boulbonne
et de la Pomme, elle revint sur la place
Royale, où ceux qui menaient ce galop sata-
nique vinrent donner la main à ceux qui en
formaient les derniers chaînons. C'était l'image
du serpent qui mord sa queue. La ville, étouffée dans les étreintes de cette effroyable ceinture, était ébranlée dans ses fondemens par les
bonds précipités de la ronde immense qui
roulait en grondant comme un tonnerre sur le
pavé qui brûle.

La voilà, l'immense farandole! la voilà arrivée à toute l'exaltation de l'ivresse et de la
folie; elle chante, elle hurle, elle jure, elle
rit, elle est furieuse, elle est débauchée, inso-
lente et provocatrice; elle se précipite, elle
tombe, elle se tord, couverte d'écume et de
poussière, haletante, débraillée, les vêtemens
déchirés, les bas sur les talons, les pieds meurtris, les seins nus et les cheveux au vent.
Allons, allons, c'est l'heure! la farandole a

épuisé, en aveugle, les plus convulsives joies de l'orgie épileptique; une seule, la dernière, lui reste, qu'elle n'a point goûtée, celle qui par les exhalaisons de chaudes vapeurs peut seule raviver l'horrible sabbat. C'est l'heure, c'est l'heure : donnez du sang à la farandole.

Maître Pierre le savait bien.

Lorsque la foule infernale tourna sur la place des Carmes, Pierre poussa un cri, auquel d'autres cris répondirent bientôt de la chaîne qui se resoudait à l'instant ; à mesure qu'elle passait devant le tourneur de chaises, qui dominait la foule de toute la tête, on vit se détacher un à un les hideux commensaux de la taverne de Gaubert.

— Eh bien ! maître, dit Angladet, le major-dome et le sommelier de cette bande d'ivro-gnes, il paraît que c'est pour ce soir ?

— Oui, capitaine, pour ce soir, à moins que Dieu ou le diable ne s'en mêle à présent.

— Pour le diable, cela se pourrait bien, maître ; quant à Dieu, Dieu nous laissera

faire, il n'aime pas les bonapartistes..... D'ailleurs, j'ai là mes vingt-cinq, qui sont en état
de se moquer de l'un commé de l'autre. Tu
n'auras qu'à parler.

— Je le sais, capitaine ; quoique à vrai dire
j'eusse autant aimé n'avoir pas à tirer les paroles du gosier du général... ou de l'autre
avec la lame d'un couteau. Mais ils l'ont
voulu, les malheureux ! que Dieu le leur pardonne ! dit-il d'une voix sombre, et à Hélène
aussi ! ajouta-t-il d'une voix moins élevée et
avec un profond soupir.

C'est que maître Pierre avait attendu vainement l'officier de lanciers au rendez-vous
qu'il lui avait fait donner par Hélène. A mesure que l'heure fixée s'éloignait, et qu'il
sentait approcher celle où il devait prendre un
parti, Pierre avait senti croître son impatience. Ne pouvant plus rester en place,
et comme si, en allant sur la route que devait
parcourir celui qu'il attendait, il le pouvait
faire arriver plus vite, maître Pierre allait et

venait de la maison Gatimel à la maison du
général. Enfin, et lorsqu'il entendit de loin
les hurlemens de la farandole qui s'avançait,
il monta une dernière fois à la chambre d'Hélène; mais Hélène n'y était plus. Et lorsque,
surpris et alarmé de cette brusque sortie, il
interrogea les voisins, il lui fut répondu qu'on
n'avait vu sortir de la maison Gatimel que
deux jeunes gens portant l'uniforme du lycée.

Sans trop s'arrêter à cette dernière partie
des renseignemens, qui lui parut insigni-
fiante, le fait seul de l'absence bien constatée
d'Hélène lui laissa la conviction qu'Hélène se
jetait au travers de ses projets, et le condam-
nait ainsi à se venger au hasard.

Telle était la pensée qui le dominait lorsqu'il rejeta sur Hélène la responsabilité de ce
qui allait arriver.

La farandole, qui courait en triple haie,
masquait dans ses replis une masse noire et sinistre d'hommes qui sur la place se tenaient
devant la maison du général, armés de bâ-

tons, de sabres et de pistolets cachés en partie
sous leurs habits. Les cris de *vive le roi ! à bas
Ramel!* en partant de ce groupe, se mêlaient
aux chants de la farandole, qui en ressentait
un vague effroi.

Tout à coup, du coin de la place sur lequel
débouche la rue des Chapeliers, et où depuis
longtemps il faisait sentinelle, un enfant ac-
courut vers maître Pierre. Il eut à peine dit
quelques mots au tourneur de chaises que
celui-ci se dirigea vers les lieux que l'enfant
venait de quitter, et il n'y était pas encore
arrivé que le général Ramel y parut lui-même.
Il se fit alors un grand hourra, les cris redou-
blèrent, la farandole précipita ses chants et sa
mesure, et des cailloux furent jetés aux fenêtres, dont les vitres tombaient brisées.

Maître Pierre alla droit au général, qui,
entendant de loin les cris terribles et mena-
çans d'*à bas Ramel!* dit d'une voix ferme à
Pierre, qu'il avait reconnu : — Que lui voulez-

vous au général Ramel, vous et les vôtres? le voici !

— Les miens? rien ! du moins encore, répliqua maître Pierre. Moi, c'est différent ! et il va dépendre de vous que vous n'ayez de compte à régler qu'avec moi.

— Avec vous, maître? Mais vous n'y pensez pas. Entrer en explications à cette heure ! en face d'une émeute qui met ainsi le marché à la main ! Quelque chose que vous me demandiez, je paraîtrais n'avoir cédé qu'à la la peur. Arrière ! maître, livrez-moi passage. J'ai à dissiper ces mutins au nom du roi.

— Et moi, au nom du ciel, général je vous supplie d'attendre encore ; n'avancez pas, n'avancez pas avant d'avoir répondu un oui ou un nom à ma demande,

— Monsieur, si vous insistez, je vous fais arrêter.

— Demain, ce soir, tout ce que vous voudrez ; tenez voulez-vous à l'instant même, voilà mon épée, général, je suis votre prison-

nier ; mais consentez à mé répondre. Voyons ,
la main sur la conscience, dites-moi :—Je jure
que...

— Prétendez-vous me faire violence , monsieur ? s'écria Ramel , et, par un mouvement
brusque et un bond de côté , il se dégagea
des étreintes de maître Pierre, qui, la voix
émue, pâle et les yeux mouillés, le suppliait
de ne point repousser la main qu'il lui tendait
pour le sauver, et se faisait presque lourd à
son bras pour ralentir sa marche et retarder
une sanglante catastrophe.

Efforts inutiles , le général hâta le pas ;
maître Pierre, au désespoir , lui jeta sa terrible question à travers le tumulte qui gran-
dissait toujours ; mais le général ne lui fit aucune réponse ; peut-être n'entendit-il pas , car
le groupe des verdets qui , grossi peu à peu,
était devenu une foule immense , s'étendait à
droite et à gauche comme deux grandes ailes
pour envelopper sa proie en se resserrant. Ses
rugissemens , qui d'abord n'arrivaient que de

face, retentirent alors de tous côtés. Maître Pierre, qui, jusque-là, avait, par déférence sans doute, tenu son chapeau à la main, le remit brusquement sur sa tête. Ce devait être là un signal convenu, car les verdets eurent à peine aperçu ce mouvement que les vociférations redoublent avec plus de violence, et le général est cerné de plus près. Il était cependant facile de voir que les derniers ordres n'avaient pas encore été donnés par celui dont la bande semblait attendre les inspirations. Mais le général, qui, en battant en retraite, était porté plus qu'il ne marchait vers la porte de son hôtel, eut l'imprudence de crier à la sentinelle de faire son devoir, et l'imprudence plus grande encore de mettre lui-même l'épée à la main. Maître Pierre ne se contint plus, et cria à son tour : — Faites ce pour quoi vous êtes venus.

En un instant, le factionnaire fut renversé, désarmé et percé de coups. Le général, pressé, insulté, menacé, frappant à droite à de gauche, et, frappé à son tour, trébucha sur le cadavre. Porté par le flux et le reflux de l'émeute, maître Pierre, qui de nouveau se trouva placé auprès de lui, l'aida à se relever, et lui dit à voix basse : — Il est encore temps.

Mais, emporté par son fatal destin, le général continua de se défendre, et son épée sortit sanglante de plus d'une poitrine.

— Tu l'as voulu, crie Pierre, soit donc! Et un coup de pistolet partit. Frappé à bout portant d'une balle qui lui perça la main avec laquelle il supportait le fourreau de son épée, et qui pénétra dans le côté gauche du bas ventre, le général tomba en poussant ce cri plaintif : — Ah, mon Dieu! je suis mort!

— Oui, mort! dit sourdement maître Pierre qui le reçut dans ses bras, et se pencha vers lui; mort le 15 août 1815, et à la même heure, et frappé comme le fut, au château de Castelnau, le jeune de Belloc, le 15 août 1791. Que Dieu ait pitié de votre ame, comme il a eu pitié de la sienne!

On n'a jamais su ce que le général avait répondu à ce rapprochement qui lui arrivait comme une accusation. Mais on vit tout à coup maître Pierre se frapper violemment le front , et avec son épée il écarta les bandits qui venaient frapper lâchement leur ennemi à terre. Il l'entraîna et le remit aux mains d'un jeune secrétaire , accouru en pleurant , mais trop tard, au secours de son maître. La porte de la maison fut fermée , et Pierre se plaça sur le seuil comme pour en défendre l'entrée.

La farandole tournait toujours , et toujours sur la place des Carmes, rejetait dans la foule ameutée quelques chaînons de sa ronde que la curiosité , le vague instinct du meurtre , et comme une bonne odeur de sang attiraient.

XII.

L'ÉMEUTE.

———

L'action de maître Pierre se drapant tout à coup dans sa générosité ou dans son repentir était loin de satisfaire la bande qu'il avait déchaînée. Elle trouvait qu'il n'y avait point la moindre parité entre la dose d'enthousiasme

qu'on lui avait fait prendre à la taverne, et la
besogne qu'on lui avait fait faire : elle devait s'attendre à mieux que cela, et en vérité elle était
lestée pour mettre le feu et porter le pillage
et la mort aux quatre coins de la ville. Aussi
se gêna-t-elle fort peu pour regimber contre ce
coup de bride qui l'arrêtait en plein élan de
galop et qui lui cassait les reins. C'était une
véritable révolte de bandits contre leur chef ;
l'un l'apostrophait, l'autre lui adressait des
prières ; celui-ci le provoquait, celui-là, joi-
gnant l'action à l'injure, voulait l'arracher du
seuil de la porte et passer malgré lui. C'étaient
des cris, des coups de crosse sur les battans
de la porte, des pierres lancées aux fenêtres,
et tout cela accompagné de l'éternel refrain :
Vive le roi ! A bas Ramel !

Mais Pierre savait trop bien à qui il avait
affaire et quel pouvoir il avait sur ses gens
pour s'effrayer beaucoup de cette tempête
qui changeait de direction et grondait sur lui.
Il savait bien que cette exaltation qui se con-

sumait ainsi en plaintes et en menaces vaines,
s'épuiserait à frapper dans le vide, et qu'a-
vant peu, la partie furieuse de l'émeute se re-
tirerait, ou tout au moins céderait à la partie
raisonnable qui, apportée par le roulis du
flot populaire, finirait par se glisser aux premiers rangs. C'est ce qui arrivait en effet, et
déjà même, quoique dominés encore par
les vociférations menaçantes, on aurait pu
entendre çà et là dans la foule quelques regrets, quelques expressions plaintives pour
ce qui venait d'être fait.

Mais voilà qu'au même instant, dans l'espérance sans doute de fortifier les bonnes dispositions des uns et d'attirer la commisération
des autres, un homme se montre à une fenêtre de la maison du général et s'écrie que le
général est frappé à mort, qu'il n'a plus que
peu d'instans à vivre, et que toute colère est
inutile contre un cadavre.

On ne peut prévoir quel effet eût produit
cette sorte d'appel au peuple, si une voix ton-

nante ne l'eût interrompue en lançant la plus
formidable interjection au milieu du silence
de la foule. On eût dit d'un cri de tigre. C'é-
tait maître Pierre. Dans l'homme qui haran-
guait l'émeute , Pierre avait retrouvé celui
qui n'était point venu au rendez-vous d'Hélène, celui qu'il cherchait partout depuis l'effroyable nuit du 15 août 1791. Il se jeta sur
une carabine et le coucha en joue ; mais quelque rapide que fût son action, entre le bout
du canon et cet homme Pierre ne vit plus que
le costume d'un élève du Lycée de Toulouse
qui , par un mouvement encore plus rapide,
s'était jeté au-devant du meurtre. Les regards
de Pierre et ceux de l'élève se rencontrèrent.
Pierre laissa retomber sa carabine , et secoua
la tête comme s'il eût voulu dissiper les pres-
tiges d'une vision qui troublait ses regards ;
cela fait, il releva les yeux et son arme pour
bien assurer son coup , mais l'élève et
l'homme avaient disparu , et la fenêtre s'était
refermée.

—Ah! s'écria maître Pierre, se jetant au milieu des siens, ah! vous trouvez que nous n'avons pas assez fait? Vous avez raison, mes braves. Ah! il vous faut des maisons à fouiller de fond en comble, des meubles à briser et à jeter par les fenêtres, des femmes qui pleurent à flageller, des enfans criards à rouler dans les escaliers d'un revers de main, et des hommes qui se défendent à tuer à bout portant. et des cadavres immobiles à tailler comme des lanières dans une peau de bœuf. Très-bien! très-bien! vous en aurez, mes braves. Voilà la maison du général, je vous la livre. Allons, de bons coups de crosse, enfoncez-moi cette porte.

Les verdets s'entre-regardaient indécis, et semblaient peu comprendre ce changement subit.

—Eh!, là, là! Mon Dieu! dit Daussonne, comme tu t'échauffes! il n'est plus temps; il y a un quart-d'heure, il n'eût pas fallu tant de paroles, vois-tu. Mais à présent nous nous

sommes refroidis au contact des poltrons. Il y
a trop d'alliage dans la bande pour que nous
puissions aller de franc jeu... à moins que tu
ne trouves un moyen de mettre à notre diapason ces coquins de modérés qui nous débitent
de belles maximes sur l'ordre et l'humanité,
comme si cela menait à quelque chose. Les im-
béciles! avec leur ordre et leur humanité, les
bonnes places restent à ceux qui les occupent.

Et à son tour, Daussonne allait épuiser
toute la faconde que lui avaient donnée les
amples libations de la journée, si maître
Pierre ne l'eût vivement attiré à lui, en l'en-
traînant dans le cabaret qui se tenait au rez-
de-chaussée de la maison attenant à l'hôtel du
général.

—Et tu dis, mon camarade, qu'il faut un
moyen, murmura Pierre? Tu as des cartouches? Bien, bien. Suis-moi, et tu vas voir,
dans un instant, tous ces coquins de modérés, comme tu les appelles, sauter comme des
chevreaux et prendre feu comme si on eût

lancé après eux le troupeau des renards de
Samson avec des bouchons de paille allumés à
la queue.

Quelques minutes, le temps qu'il faut pour
arriver sur le toit d'une maison, au troisième
étage, et de là entrer par une lucarne dans le
galetas de la maison voisine, s'étaient à peine
écoulées, que deux coups de feu se firent entendre, et que deux balles arrivèrent au milieu d'un groupe inoffensif qui pérorait en
pleine place. Un homme fut blessé, c'était
un garde urbain (1); un enfant fut tué,
c'était le fils d'un verdet.

Tous les yeux se portèrent vers la direction
d'où les coups étaient partis; le vent n'avait
pas encore emporté la fumée. Un hourra de
malédictions indiqua la maison du général.
C'en fut assez, les cris: *On tire sur le peuple!*
coururent de groupe en groupe, de rue en
rue. Il n'y eut plus qu'un mouvement, qu'une

---

(1) Nom donné à cette époque aux gardes nationaux.

volonté dans toute cette foule. Elle se précipita avec des armes et des pierres vers la maison meurtrière; en un clin d'œil, les poutres,
les madriers employés à l'échafaudage d'un
arc de triomphe préparé pour l'arrivée prochaine de la duchesse d'Angoulême, furent
roulés de mains en mains, et la foule, ainsi
qu'une ancienne catapulte, les lançait comme
un bélier contre la porte de l'hôtel.

La porte s'ouvrit avec fracas, soit qu'elle
eût cédé aux efforts des assaillans, soit plutôt
que maître Pierre ou son compagnon eussent
eux-mêmes abrégé en dedans les travaux du
siége. Ce fut alors un spectacle épouvantable.
Conduite par Daussonne, qui l'attendait avec
des flambeaux, la foule armée et furieuse, s'é-
lança dans tous les appartemens, à tous les
étages, ouvrant les armoires, fouillant tous les
coins les plus obscurs; on eût dit une meute
de limiers. Les gens de police étaient survenus;
avec eux des gardes urbains, des officiers de
la légion Marie-Thérèse, des aides-de-camp du

maréchal Pérignon : c'était un mélange hideux
de bandits, d'honnêtes gens, de soldats et de
peuple, armés, les uns au nom de l'ordre et
de la loi, les autres pour le pillage et pour le
meurtre, et tout cela se poussait, se culbu-
tait, n'ayant qu'une idée : trouver le général.

Un seul, dans tout ce ramas d'hommes,
courait dans l'hôtel, mais avec des intentions
diverses ; un seul poursuivait une autre pensée, c'était maître Pierre. Que lui importait le
général à cette heure? Aussi il s'inquiétait
peu des cris et des actions de la foule deman-
dant le général à grands cris. Le premier dans
le salon, sur le canapé, où le général s'était
reposé, et qui était couvert de sang, il avait
vu le chapeau d'uniforme, avec la gance et
les glands en or, et sur le parquet, hors du
fourreau, l'épée, dont la poignée était d'or
massif. Mais il avait dédaigné tout cela : ce
n'était point là sa part du butin, à lui! En
parcourant le galetas, qu'il avait fouillé en
tout sens, au fond d'un misérable réduit,

dans la partie la plus élevée de la maison, sur un tas de poussière et de débris, il avait bien vu se traîner, bien entendu gémir le général, le corps couché sur des pots de cheminée, et la tête appuyée contre une poutre, mais après s'être assuré que ce malheureux était bien seul, il avait continué ses recherches ; car ce n'était plus un cadavre qu'il fallait à sa rage. En descendant, dans toute la hauteur de l'escalier, il avait bien trouvé une large tache de sang ; mais il avait détourné les yeux, car celui qu'il cherchait, — et en y songeant il mordait ses lèvres et fermait convulsivement les poings, — celui qu'il cherchait, n'avait point eu de semblables traces à laisser après lui.

Mais l'émeute qui les découvrit se précipita dans la direction qu'elles indiquaient, tandis que Pierre, toujours seul, poursuivait sa terrible idée.

Le général Ramel fut trouvé au même lieu où maître Pierre avait dédaigné de le joindre. Protecteurs et ennemis, gens de police et sol-

dats, tous entrèrent la baïonnette et l'épée
en avant.

— Ah, messieurs! de grâce, achevez-moi!...
leur dit le général.

Un moment, devant une si grande misère,
la foule s'arrêta muette. Une partie se montrait
prosternée; mais l'autre, celle qui avait reçu
le prix du sang, fit entendre ses cris de joie et
se mit en devoir d'achever sa victime, le tout
par obéissance aux ordres d'un général,
comme elle disait dans sa sanglante ironie. En
effet, pendant que des officiers et des urbains
couchaient le général sur un matelas étendu
sur le plancher, tandis qu'ensuite ils le des-
cendirent au premier étage, les gens de Daussonne et d'Angladet, dans les insterstices lais-
sés par les porteurs, plongeaint leurs sabres
et leurs baïonnettes. Des coups terribles lui
fendent le crâne et lui partagent la figure;
ses bras, avec lesquels il tâchait de parer les
coups, sont mutilés et cassés en sept ou huit
endroits. Les doigts de sa main sont coupés,

et l'un d'eux fut ramassé; c'était celui qu'entourait le diamant de maître Pierre. Sa poitrine et ses épaules sont tailladées et criblées.; et ce ne fut qu'après lui avoir fait vingt-une blessures, toutes mortelles, que ces forcenés laissèrent ce qui n'avait plus que la forme d'un cadavre.

En se retirant, Daussonne trouva maître Pierre dans la cour, la tête dans les mains, versant des pleurs de rage et le corps appuyé à une échelle dressée contre le mur qui séparait cette cour d'une maison voisine. Cette échelle, ainsi placée, avait résolu pour lui le le problème de l'inutilité de toutes ses recherches.

— Oui, je comprends, dit Daussonne, c'est par là qu'il se sera sauvé. Que veux-tu faire? Nous en tenons un, toujours; et en attendant celui-là a payé pour l'autre.

— Oui, dit maître Pierre d'une voix sombre, et où rugissaient sourdement la colère et le dépit; oui, il a payé! mais, comme tu dis,

avec plus de vérité que tu ne penses, je crains
bien qu'il n'ait payé la dette d'un autre.

—Tant mieux pour lui, mon brave! c'est un
compte qu'il réglera là-haut, répliqua Daussonne. Mais nous n'avons pu le juger que sur
les pièces de conviction, et en vérité, elles
étaient contre lui. A propos, tiens, ajouta-il
en fouillant dans sa poche, voici le diamant
qui avait été pris à la main du jeune Belloc.
Je l'ai ramassé avec le doigt auquel il était
passé et qui a été abattu d'un coup de sabre
par l'un des nôtres.

—Justice divine! murmura Pierre. Est-ce
pour le repos de ma conscience que tu as permis au châtiment d'arriver par les mêmes
voies qu'avait suivies le crime? Et la nuit du
15 août 1815 est-elle, dans les desseins de ta
Providence, la vengeance de la nuit du 15
août 1791?

XIII.

L'EXPIATION.

———

Tandis que la bande d'Angladet, suivant
ses énergiques expressions, taillait au chirur-
gien Flottard, accouru sur les lieux, la terrible besogne que l'on vient de voir, le maire,
le préfet, la garde urbaine, à pied et à cheval,

et le régiment de Marie-Thérèse arrivaient enfin sur la place des Carmes, et chassant l'é-
meute, devant eux, la refoulaient dans les
rues adjacentes. L'ignoble farandole se trouva
rompue ; elle chercha pourtant à se renouer à
un angle de la place, dans la rue Pharaon,
devant le café Dubac, qui était un immense
réservoir où le torrent se dégorgeait et se gros-
sissait tour à tour. C'était là qu'il se faisait à
la foule d'amples distributions de vins et
d'eau-de-vie, autour de tables placées sur un
seul rang, et du haut desquelles des meneurs
buvaient et péroraient debout. Mais la résistance ne fut pas longue, et ces barricades de
bouteilles et de corps ivres roulèrent pêle-
mêle dans le choc d'une force armée et compacte.

Ce fut au milieu du désordre de cette tourbe
avinée, ne songeant plus qu'à fuir, que se
glissèrent deux élèves du Lycée qui entraî-
naient plus qu'ils ne soutenaient, à leurs
bras, un homme enveloppé dans une ample

redingote bleue et la tête recouverte d'un
chapeau à larges bords, rabattus sur les yeux.
A la fierté de son maintien, aux paroles de
désespoir et de colère qui sortaient de sa bouche en interjections violentes, aux apostrophes
et aux regards de mépris qu'il jetait à cette
foule brutale et poltronne, on voyait bien
qu'il ne désertait pas lâchement un danger;
mais il obéissait à la triste conviction que,
dans les lieux qu'il venait de quitter, son courage ne pouvait rien, et que, par sa mort inutile, il n'aurait même pas sauvé un cadavre
des outrages de la mutilation. Toutefois, sa
main droite, ramenée à la hauteur de sa poitrine et passée dans le revers de sa redingote,
annonçait qu'il tenait une réponse et une
vengeance prêtes contre toute provocation, ou
toute atteinte à sa liberté et à sa vie.

Ces trois personnages sortaient de la maison
du parfumeur Robineau, attenante au café
Dubac, et, dans une assez grande profondeur,
séparée de la maison du général par le mur

mitoyen élevé entre les deux cours. C'est en plaçant, le long de ce mur, l'échelle devant laquelle maître Pierre s'était arrêté, et, à l'aide de quelques cages à poulets, adossées de l'autre côté, qu'ils s'étaient sauvés de la maison Ramel dans la maison Robineau, avant que l'émeute se fût ruée dans les appartemens du général, et que maître Pierre eût quitté le grenier d'où il avait tiré son coup de feu provocateur. C'est qu'en effet tous les trois se trouvaient à ce moment dans cette maison vouée au meurtre et au pillage. Les deux élèves du lycée s'y étaient introduits bien avant que la farandole eût caché, sur la place, dans ses replis, la sombre masse des égorgeurs, et ils avisaient au moyen d'en sortir avec l'homme qu'ils y étaient venus chercher, au moment où le malheureux général, frappé à mort, était rentré baigné dans son sang. Tout intérêt d'égoïsme avait disparu à cet aspect pour faire place aux sentimens de l'affection et de la pitié. Mais lorsque les cris de mort re-

doublèrent sur la place ; lorsque l'émeute ru-
gissante demanda qu'on lui jetât par la fenêtre le général, et qu'elle le voulait mort où
vif ; lorsque le jeune lycéen, qui s'était rapide-
ment placé à la fenêtre entre l'homme qui ha-
ranguait la foule et la carabine de maître
Pierre, eût fait part des craintes qui l'agi-
taient, et du meurtre nouveau vers lequel
l'émeute allait être infailliblement poussée,
alors le général Ramel s'oublia lui-même et
ne songea plus qu'aux dangers de ceux qui
étaient exposés à mourir pour lui conserver
une vie qu'il sentait bien ne pas pouvoir être
sauvée. Entre le courage et la conscience d'efforts inutiles, entre le dévouement de l'amitié
et le désespoir d'un abandon impérieux, la
lutte fut longue ; mais enfin il fallut se résigner,
céder aux larmes de l'ami expirant qui suppliait, et obéir aux ordres du général qui se
servait de son autorité pour commander la
retraite. Les derniers embrassemens furent
échangés au moment où les premiers coups

du bélier de l'émeute eurent ébranlé la porte cochère. Alors les deux lycéens et l'homme qu'ils étaient venus chercher se sauvèrent dans la maison Robineau, après s'être bien convaincus qu'il leur serait impossible, au moyen de leur échelle délâbrée et rompante, d'enlever le malheureux général, même en le plaçant sur leurs épaules. Enfin poussé, par l'instinct invincible de la conservation, le général, quand il fut seul, se traîna, en rampant sur ses mains et sur ses genoux, jusqu'au misérable grenier où les verdets l'achevèrent.

Après avoir suivi l'émeute dispersée, jusqu'à la hauteur de l'église Saint-Antoine du couvent de la Visitation, les trois fugitifs entrèrent dans la petite rue Saint-Remy, et descendant la rue Sainte-Claire, arrivèrent à celle des Couteliers.

Lorsqu'ils se virent seuls dans cette rue ordinairement si bruyante, si populeuse, et si déserte, si sombre à cette heure, dont tous les habitans étaient allés se rouler dans le lit

creusé par le torrent de la farandole, ils s'arrêtèrent un moment comme fascinés par ce
contraste, et comme s'ils avaient voulu se re-
tracer les tristes scènes dont ils avaient été té-
moins, afin de ne pas être réduits à croire
qu'ils échappaient à un rêve. Peut-être aussi,
l'un d'entre eux, du moins, avait-il besoin de
ce repos, de ce dernier regard jeté en arrière,
afin de bannir l'influence de ces sanglantes
images, et pour entrer plus librement dans le
nouvel ordre d'idées qu'exigeait la démarche
qu'il allait faire. Démarche inconcevable, démarche folle pour qui se rappelle les causes
secrètes des événemens de la journée!! c'était
se jeter à la gueule du tigre.

La porte de la boutique de maître Pierre
cédait en effet sous la main de l'un des élèves
du lycée qui la referma après avoir fait entrer
ses compagnons, qu'il précéda dans la chambre où étaient Marthe et sa fille.

Durant la courte demi-heure, qu'ils passèrent ensemble et seuls, d'étranges discours

durent être tenus, et de bien vivans souvenirs
évoqués, car il y eut bien des pleurs, bien des
supplications, bien de tendres embrassemens,
bien de la douleur et bien de la joie dans ce
groupe dont une chandelle de poix résine,
passée dans sa tringle de fer, éclairait à peine
les visages! mais ces épanchemens, quels que
doux qu'ils pussent être devenus, s'arrêtèrent
tout à coup, et tant d'émotions diverses se re-
plièrent devant celles que faisait présager l'arrivée de maître Pierre dont on entendait les
pas dans la boutique. Il rentrait grave et sombre comme un exécuteur de hautes œuvres
qui a rempli sa mission, mais à qui il est
resté des doutes sur la sentence du juge et sur
le droit qu'a la société de frapper de mort.

Il faut croire que Marthe et sa fille avaient
conçu quelque crainte sur le moment où,
sans être prévenu, Pierre se trouverait face à
face avec les personnages qui étaient dans leur
chambre, car elles se hâtèrent de s'élancer à
sa rencontre; mais il état trop tard; Pierre

était déjà sur le seuil de la porte. L'effet que
Marthe et sa fille espéraient de leur mouvement rapide fut néanmoins le même, car
Pierre s'arrêta, préoccupé de ce qu'il venait
dire à celles qui étaient devant lui; il ne
porta pas ses regards au-delà, et ne vit point
les personnes que Marthe et sa fille lui mas-
quaient en quelque sorte, et qui d'ailleurs
étaient à-peu-près perdues dans l'obscurité
qui régnait au fond de la chambre.

— Marthe, dit maître Pierre en lui remettant l'anneau que Daussonne lui avait remis;
Marthe, voici le diamant de votre famille. Je
ne peux vous donner que cette moitié de la
réparation de votre infortune. La main qui
eût pu donner l'autre est froide et glacée à
cette heure, comme la mort qui l'a saisie.

— Et c'est une main innocente que vous
avez coupée, maître, s'écria une voix partie
du point obscur de l'appartement; et, au
même instant, celui qui avait prononcé ces
paroles, terribles comme un verdict de culpa-

bilité, se plaça, le front découvert, dans les rayons projetés par la faible lumière qui n'éclairait qu'une partie de cette scène.

— Ah! je n'avais besoin que d'entendre ta voix, cria maître Pierre; va je te reconnais bien! l'autre est innocent, dis-tu? à nous deux donc!

Son sabre était sorti du fourreau, et déjà il prenait son élan pour se précipiter. Mais l'un des deux élèves du lycée s'était jeté au-devant de ses coups, et avait saisi son bras levé.

— Encore toi! lui cria Pierre avec désespoir.

— Oui, Pierre, encore moi, dit celui-ci, et toujours moi entre un crime et vous. Et puis, ajouta-t-il en s'effaçant et faisant signe de la main, voyez, ce n'est plus moi seulement.

Et alors Pierre vit Marthe et Marie qui, à genoux levaient des mains suppliantes au-devant de son adversaire, auquel elles semblaient faire un rempart de leur corps. Cet aspect aurait suffi pour abattre cet emportement sauvage, lors même qu'il n'eût pas été vaincu à demi par l'attitude qui attendait, la tête haute, le regard ferme, et qui, après avoir dédaigneusement jeté sur une table les pistolets que recelait sa redingote, venait de croiser ses bras de l'air d'un homme qui dit à son ennemi : Je ne me défendrai pas, tu m'assassineras.

Un long silence suivit cette scène violente. Tous comprenaient qu'un drame terrible allait se dénouer dans cette chambre où depuis plus de vingt ans il y avait eu bien des douleurs.

Maître Pierre chancelait sur ses jambes; sa tête se pencha sous le poids de toutes les impressions terribles de la journée, que dominaient ces terribles paroles : L'autre est innocent! Elles retentissaient à ses oreilles et ébranlaient son cerveau comme un coup de tonnerre. Immobile, l'œil fixé vers la terre, il semblait, pour se soustraire à leur influence, chercher dans les souvenirs du passé des raisons de douter de leur foudroyante vérité; mais toujours, à la fin de chacun de ses doutes, elles revenaient, ainsi qu'à la fin d'un hymne funèbre un refrein d'une monotonie solennelle et terrible.

—Ainsi, dit-il enfin se parlant à lui-même, mais en même temps assez haut pour qu'il pût lui être fait une réponse, comme s'il lui restait la vague, la dernière espérance qu'il trouverait dans cette réponse quelque motif, pour, si minime qu'il fût, de justifier le crime de la soirée..... Ainsi, ce n'est point Ramel qui, dans la nuit du 25 août a commandé le bataillon de la garde nationale de Cahors, et incendié le château de Belloc?

— Non, maître, dit l'homme qui était devant lui. Par l'âge auquel Ramel vient de mourir, vous pouvez savoir l'âge qu'il avait en 91. Ramel avait vingt et un ans; croyez-vous qu'un enfant de cet âge soit fait commandant; et s'il l'était, aurait-il assez d'influence, d'autorité et de force pour empêcher le mal.

—Mais c'est peut-être lui qui a frappé à bout portant d'une balle, le jeune et malheureux Belloc, mon bienfaiteur!....

— Non plus, maître, répondit encore l'inexorable témoin; Ramel était officier dans un grade subalterne : il n'avait qu'une épée.

— Ce n'est donc pas lui qui a ordonné qu'on me garottât à un arbre, ce n'est donc pas lui qui...

— Non, non, pas davantage, maître, interrompit vivement son interlocuteur ! rien de ce qui s'est fait dans cette nuit horrible ne doit retomber sur Ramel, car il était parti la veille avec la première moitié du bataillon des volontaires, que la ville de Cahors envoya aux frontières contre l'Europe armée qui menaçait la France.

— Mais le diamant, le diamant volé dans cette nuit fatale, et que j'ai retrouvé à son doigt, comment en expliquerez-vous la possession? s'écria Pierre avec tout l'emportement d'un homme qui se cramponne à une idée après laquelle tout doit être fini.

— C'est une fatalité, maître ! Écoutez! Celui dont la conscience est depuis cette nuit hor-

rible chargée et déchirée par les crimes qu'elle
amena, fut dangereusement blessé à la première affaire où il combattit à côté de Ramel,
que peu de jours après l'incendie de Castelnau, il était allé rejoindre avec la seconde partie du bataillon de Cahors. Se croyant frappé
à mort, abandonné pour tel dans une ambu-
lance il confia à Ramel ce diamant et un testament dont il le nommait l'exécuteur, pour
que l'un fût une juste restitution, et que l'autre, si la victime était retrouvée, expiât autant
que possible le mal qui avait été fait. Cet
homme pourtant ne mourut pas; mais quand
il reprit la vie et des forces, Ramel n'était plus
avec lui. Ramel avait commencé sa vie de pros-
cription et d'exil à travers les déserts de Syna-
marie, sa fuite en Hollande, son séjour en Angleterre. Depuis le jour où l'Empereur le reprit
en grâce et l'envoya à l'armée de Portugal, ni
Ramel ni cet homme ne se sont jamais retrou-
vés dans les mêmes corps d'armée, ni sur les
mêmes champs de bataille; cet homme com-

battait au nord quand Ramel combattait au midi. Comme en restant au midi Ramel était celui qui avait le plus de chances de découvrir la victime, il garda toujours d'un commun accord le dépôt qui lui avait été confié. Voilà, maître, comment il se fait que vous avez trouvé ce soir le diamant de Belloc à la main du général. Si physiquement il eût été possible de le dégager du doigt où il était passé, et qu'avait gonflé la blessure reçue à la main par le malheureux Ramel, j'aurais évité à vos verdets cette mutilation, je l'aurais repris moi-même, car Ramel l'exigeait. Au demeurant, maître, vous avez raison, vous n'aviez là que la moitié de la réparation due à Marthe et Marie. Je viens de leur apporter l'autre : c'est le testament qui m'a été rendu par mon vieil et infortuné camarade, lorsque, couché en joue à la fenêtre, j'ai appris enfin quels motifs de vengeance avait fait de vous le chef de l'émeute.

—Allons, dit maître Pierre, d'une voix sourde;

allons! j'ai beau repousser la lumière : la mort
de Ramel est un crime inutile. Mais j'ai raison
de le dire, à présent surtout que vous avez la
pierre précieuse, le testament n'est lui-même
que la moitié de la réparation . Il me faut encore la vengeance, une double vengeance! et
pour le crime commis à Castelnau, et pour
celui que je viens de commettre. Allons, je
vais recommencer ma vie errante, ma vie de
recherches, je vais recommencer bien des cor-
respondances, bien des liaisons, bien des vo-
yages pour retrouver l'objet de ma haine... et
si Dieu ne l'a pas déjà rappelé à lui, je jure!...

—Oh! Pierre, Pierre, ne prononcez plus un
serment de mort, crièrent à la fois Marthe et
Marie, en se jetant dans les bras du tourneur
de chaises.

—Non, Pierre, Dieu n'a pas rappelé à lui celui que vous demandez, ajouta froidement
l'homme à la redingote bleue. Dieu, après lui
avoir envoyé vingt-cinq ans de remords, a pris
enfin pitié de lui, car il lui a envoyé l'expia-

tion qui réconcilie. Vous n'aurez à recommencer ni vie errante, ni recherches, car il ne se
cache pas, maître Pierre! c'est lui qui est devant vous!

—Damnation! j'aurais du m'en douter, cria
maître Pierre, en bondissant et élevant ses
mains qu'il joignit avec violence; mais il
retomba sur son siège où le retenaient les
étreintes suppliantes de Marthe et de Marie.

—Oui, c'est moi, ajouta cet homme, et je
me livre à vous, quel que soit l'arrêt que
vous prononciez: pardon ou châtiment. A cette
heure, maître, vous pouvez venger un crime
et un malheur! Marthe et Ramel, et moi je peux
mourir, j'ai embrassé ma femme et ma fille.

Marthe et Marie se placèrent dans ses bras.

Un long silence suivit, on n'entendait que
la respiration bruyante qui sortait de la poitrine gonflée de Pierre, et les gémissemens
plaintifs des femmes.

—Oui, Marthe! et toi Marie, que j'aimais
comme mon enfant, dit enfin le tourneur de

chaises, oui, je vous entends; grâce, grâce pour lui, n'est-ce pas? Aussi bien est-ce assez de sang comme cela? Soyez heureux, et priez pour moi, puis qu'à moi seul, ici, reviennent en partage la misère et les remords. Adieu! Quoi qu'il y ait du sang à ma main, serrez-la; serrez-la vous aussi, monsieur, c'est celle d'un homme qui a porté jusqu'au crime la soif de la justice; c'est à Dieu seul à me juger. Les hommes ne me comprendraient pas. Ils ne me pardonneraient pas comme vous me pardonnez, vous, n'est-ce pas, toi surtout bonne Marie? Aussi je dois les fuir, car, leur justice est souvent de la vengeance, et vous le voyez, la vengeance frappe au hazard; elle est aveugle.

— Et où irez-vous, maître? demanda le père de Marie.

— Dans les montagnes, en Espagne.

— Seul?

— Non point seul, répliqua un des jeunes élèves du lycée, et qui précipita vers Pierre et le pressa contre son sein.

C'était Hélène.

— Non point seul, continua-t-elle. Sous ce costume j'ai sauvé mon frère, que voici, de la mort; et elle montrait le père de Marie. Je vais reprendre mes habits de femme pour sauver Pierre, en me jetant entre le désespoir et lui, comme j'ai sauvé mon frère, en me jetant entre lui et la carabine de Pierre. Non, Pierre ne s'en ira point seul, reprit Hélène avec enthousiasme. Vous pouvez me le confier, c'est mon amour qui va lui payer votre dette, à tous !

L'autre élève du Lycée était Gabriel; il pleurait aussi, le pauvre enfant! mais, sur son rêve peut-être qu'il voyait lui échapper.

XIV.

L'OEUVRE PROVIDENTIELLE.

Il y avait huit ans, jour pour jour, que toutes ces choses s'étaient passées, et l'année 1823 était arrivée avec la guerre que, sous le nom d'intervention et pour obéir à la sainte alliance en congrès à Véronne, la légitimité de

France fit à la révolution d'Espagne. Un soir,
sur les bords du Minho qui, vers l'extrémité
méridionale du royaume de Gallice où il prend
sa source, sépare l'Espagne du Portugal, trois
ou quatre cents hommes s'étaient arrêtés, assez bien armés, mais mal équipés, haves,
amaigris. Quelles que fussent les destinées
qu'ils avaient subies, ils paraissaient moins
vaincus, du reste, par le découragement que
par la fatigue et la misère. C'est que cette
force morale, cette énergie d'ame et de volonté qui survit au délâbrement de la machine
physique qui lui sert d'enveloppe, leur venait
de la cause même pour laquelle ils s'étaient
armés. Hommes de conviction profonde et d'un
courage hardi, ils pensaient que le despotisme
avait eu jusque-là bon marché des nations,
parceque, suivant les lieux et les climats, selon qu'ils étaient au midi ou au septentrion, en
deçà ou delà d'un fleuve ou d'une montagne,
les hommes formaient des communautés partielles qu'ils ont appelé *nationalité*, et dans

laquelle on se dit : nous sommes d'un pays, et
ceux-là sont d'un autre pays, que nous importe ce qui leur arrive? Alors ils s'étaient dit
que le despotisme cesserait de trouver à sa
solde des hommes pour opprimer les autres
hommes, du jour où, renouvelant le mot de
Louis XIV, il n'y aurait plus ni fleuves ni
montagnes pour les parquer, et où se forme-
raient les liens de la communauté universelle
d'intérêts qui s'appelle *humanité*, et dans laquelle on se dit : nous ne sommes qu'un, car
nos frères c'est nous, et nous c'est nos frères.
Or, la liberté leur apparut comme la base
merveilleuse de cette universelle communauté
d'intérêts. C'est donc à la propager et à la défendre, au sein des nations, qu'ils consacrèrent
leur fortune, leur talent, toute leur existence :
soldats ou législateurs, apôtres ou martyrs !

Leur mission leur venait à tous du baptême
de persécution qu'ils avaient reçu du despotisme, car ils étaient là rassemblés de presque
tous les points de l'Europe, et presque tous

avaient expié par la ruine, l'abandon, la captivité et l'exil, ceux-ci l'irrémissible tort d'avoir
voulu avoir raison quelques années trop tôt ;
ceux-là l'insolence d'avoir reclamé l'exécution
des belles promesses que les rois et les empereurs
avaient faites aux peuples pour soulever les
peuples contre Napoléon, mais que les rois et
les empereurs dénièrent lorsque Napoléon fut
renversé. Il y en avait qui étaient échappés
aux gibets que les rois de Naples et de Piémont
avaient dressés sous la protection des bayon-
nettes autrichiennes, contre la charbonnerie
italienne, lâchement désertée à Naples par le
général Pépé, et vendue en Piémont par le
prince de Carignan qui avait fait l'office d'agent
provocateur. Il y en avait qui, jeunes adep-
tes des universités allemandes, s'étaient sous-
traits à la perspective de la prison dure, sur les
rochers du Spielberg, pour avoir douté de la
bonne foi de M. de Metternich, de la vertu d'un
chambellan ou du savoir d'un conseiller au-
lique. D'autres arrivaient de Pologne où le

knout d'un cosaque bâillonnait toute voix qui
osait révoquer en doute la légitimité de l'usur-
pation russe; mais le plus grand nombre venait de France. C'étaient presque tous de vieux
soldats de notre grande armée licenciés, aux
bords de la Loire, et dont on avait récom-
pensé les blessures et les services par les plus
ignobles tracasseries; c'étaient de braves jeunes
gens qui, dans les écoles militaires ou au sein
des universités avaient répandu les statuts secrets de l'alliance des peuples contre les rois
et leur entourage de noblesse et de clergé. Les
uns et les autres; malgré l'impitoyable télé-
graphe, avaient glissé entre les mailles du réseau de conspirations, que, par ses agens provocateurs, la police de la restauration avait jeté
à plaisir sur les villes de Lyon, de Grenoble,
de Béfort, de Saumur, de Colmar et de La
Rochelle.

Le coup de canon tiré sur la Bidassoa leur
avait appris que la mesure d'arbitraire, déversé
par les Bourbons sur la France, n'était pas en-

core assez comblée pour que le drapeau tricolore, déployé aux regards de l'armée française,
renouvelât les prodiges du débarquement de
Napoléon à Cannes. Depuis ce jour, ce bataillon avait évité de se trouver aux prises avec
une armée dans laquelle la plupart d'entre
eux avaient d'anciens compagnons d'armes.
Mais en revanche, il était devenu la terreur des
bandits de la foi qui avaient appelé l'étranger à
garrotter de nouveau cette pauvre Espagne
qui allait leur échapper, et qui, malgré sa bonne
envie, semble condamnée à voir éternellement
rentrer, à la queue des interventions de l'Europe, sa vermine et ses moines que chassent
ses révolutions populaires.

Traqué de province en province, ce bataillon sacré se repliait toujours devant l'invasion
de l'armée française, laquelle, comme le corps
allongé d'un immense vautour appuyé aux Pyrénées, avait déployé ses grandes ailes dont les
deux bouts touchaient à l'Océan et à la Médi-
terranée, tandis qu'au centre ses serres étrei-

gnaient Madrid, la ville royale, et que sa tête,
à l'extrémité de la Péninsule, menaçait Cadix,
la ville maritime. Il se trouva enfin rejeté dans
la Galice, et un navire américain mouillé dans
le port de la Corogne allait le prendre à son
bord, et emporter sur une terre libre ces soldats de la liberté; mais le port de la Corogne
fut déclaré en état de blocus, ainsi que ceux de
Barcelone, de Cadix et de Santona. Alors le
bataillon des réfugiés se remit en marche. Il
ne fut réellement inquiété dans sa retraite que
par l'armée française qui eût pu les écraser ou
les prendre vingt fois, et qui, soit sympathie,
soit générosité, respecta tant de dévouement et
de courage. Mais à la queue, presque dans les
bagages de l'armée envahissante, il y avait
comme toujours, les nationaux qui lui avaient
livré le pays, et qui, lâches durant le combat,
après la victoire en salissent ou en ensanglan-
tent les fruits. Une bande d'Espagnols de cette
espèce se mit à la poursuite du bataillon des
réfugiés. Elle fut d'abord assez maltraitée,

mais elle vint à rencontrer une troupe de la foi, commandée par un homme dont les soldats même ignoraient le véritable nom, et qui n'avait cessé depuis les bords de la Bidassoa de s'acharner après le bataillon des étrangers. En plus d'une rencontre, cet homme avait fait preuve d'une audace et d'un courage extraordinaires, mais la jeune femme qu'il avait avec lui, et qui le suivait dans ses courses comme dans ses combats, n'avait pas toujours le pouvoir par ses prières et par ses larmes, de racheter la vie des prisonniers ; c'était surtout quand un français du bataillon tombait au pouvoir de ce terrible chef des Guérillas, que son exécution était inévitable et prompte.

Lorsqu'il apprit qu'il allait encore avoir affaire à ces hommes qui, par des marches et des contre-marches sans nombre, avait fini par lui échapper dans les montagnes des Asturies, il ne se sentit pas de joie. Sachant que le bataillon se dirigeait vers le Minho, il hâta sa marche afin de lui livrer un dernier combat

et de l'écraser avant que cette frontière du
Portugal fut entre les réfugiés et lui. Au cou-
cher du soleil, il les joignit sur les rives du
fleuve, où le lendemain de nombreuses bar-
ques devaient venir les prendre pour les trans-
porter à l'autre bord. Et l'autre bord c'était le
Portugal, c'est-à-dire un asyle, la liberté, la
vie !

C'était aussi le 15 août; la nuit aussi était
belle et étoilée. Le combat dura jusqu'au
point du jour, et les bandes espagnoles furent
mises en déroute. Mais le bataillon paya cher
sa victoire; ses principaux officiers furent tués
ou blessés dans une lutte corps à corps qui
s'était établie entre eux et les Espagnols; le
commandant lui-même avait été frappé au
flanc gauche d'une balle qui lui avait été tirée
à bout portant par le chef des guérillas. Mais
sa vengeance ne devait pas se faire attendre.
Quelques-uns de ses soldats, qui s'étaient lais-
sés emporter à la poursuite des fuyards, vin-

rent lui annoncer qu'ils s'étaient emparés de
ce chef redoutable.

— Qu'en ferons-nous, dit le commandant
qui se mourait.

— Qu'on le fusille, répondirent tout d'une
voix les officiers.

— Il a sa femme avec lui, ajoutèrent les
soldats.

— Elle, c'est différent, reprit le commandant, qu'on la laisse aller où elle voudra. Elle
a souvent eu pitié des prisonniers, il est juste
qu'on ait pitié d'elle.

Les soldats sortirent pour exécuter la double sentence. Quelques instans s'étaient à
peine écoulés, qu'il se fit entendre un grand
bruit à la porte de la hutte de pêcheurs, située au bord du fleuve, et où avait été trans-
porté le commandant blessé à mort. Un officier allait sortir pour le faire cesser, lorsqu'une femme, en costume espagnol, bra-
vant la consigne et triomphant de la résistance du factionnaire, se précipita échevelée,

éperdue et pâle dans la cabane. Elle venait demander pour son mari la vie sauve.

Le commandant du bataillon tourna les yeux vers cette femme. Leurs regards se rencontrèrent, ils se reconnurent.

—Hélène! murmura le commandant d'une voix éteinte.

Hélène courut à son frère pour l'embrasser. Mais ce n'était déjà plus qu'un cadavre.

Une détonation éloignée se fit entendre. Hélène tomba à genoux en criant :

— Il me faut donc prier pour deux!

Le chef de guérillas, maître Pierre, venait d'être fusillé.

Là était le doigt de Dieu! le meurtrier de Belloc et celui de Ramel, tous deux, et l'un par l'autre, venaient d'expier leur crime.

LA POUDRIÈRE.

I.

LA GRAND' MESSE.

Toulouse est bien l'une des plus anciennes villes de France. Pourtant, malgré les vingt églises et les trente couvens qu'elle possédait jadis, elle n'a conservé qu'un très petit nom-bre de ces monumens qui, par leur caractère

et l'ordre bien tranché de leur architecture,
se rattachent à une époque certaine de l'art,
et laissent lire sur leurs fronts noircis, la date
précise de leur antiquité

La vieille cité, aujourd'hui, est toute entière
occupée a regratter et à badigeonner ses maisons de brique et de pans de bois, pour se
donner des airs de jeunesse et d'élégance, avec
ses fontaines de bronze et de marbre, qui jaillissent depuis peu, sur ses places irrégulières,
où l'air et l'espace manquent. Oh! elle vou-
drait bien faire oublier ce qu'elle était il y a
quinze ans encore, — une ville bien triste et
bien noire, avec une ceinture de lourdes
murailles, et quatorze portes garnies de
herses et flanquées de hautes tours; — une ville
bien déserte, avec des rues étroites et tortueu-
ses, où l'herbe croît durant l'été; — une ville
bien féodale qui, aux coins des carrefours, a
des maisons où une niche pour Notre-Dame
la Vierge est pratiquée au-dessus de la pierre
angulaire dans laquelle on voit encore, scellé

avec du plomb, l'anneau de fer qui supportait les chaînes que messieurs les capitouls faisaient tendre la nuit. — Une ville de █████ n
âge enfin !

Si vous êtes jamais allé à Toulouse, en venant de Paris, après être sorti de Montauban,
la ville protestante, en laissant à gauche les
rives du Tarn aux flots rougeâtres, vous serez
entré dans les vertes et fécondes plaines de la
Garonne; bientôt vous aurez dépassé Grizolles,
la petite ville qui a un hangard pour place
d'armes. Alors en regardant loin, bien loin devant vous, au bout de la route qui devient
droite et unie comme un ruban déroulé sur
une surface plane de cinq lieues, à travers les
échappées dans les grands arbres, et quelques
accidens de perspective, vous au██z vû se détacher à l'horison, comme un haut peuplier,
un clocher à plusieurs étages, formant une
pyramide octogone avec des jours en arcades.
A voir la couleur de ses briques, on croirait

qu'il réflète toujours les feux rougis du couchant.

Eh bien cette flèche élancée, surmontée d'une croix, ce clocher qui fuit toujours, mais auquel, durant cinq heures, vous aurez cru arriver en quelques minutes, c'est le clocher de l'église Saint-Sernin, ou Saturnin.

Cette église fut fondée en l'honneur du martyr de ce nom, l'un des sept évêques qui, au dire de Grégoire de Tours, vinrent au troisième sciécle porter l'Evangile dans les Gaules. Trois de ces évêques s'arrêtèrent dans la Narbonnaise, et établirent leur siége dans trois villes de cette province : Saint-Paul, à Narbonne, Saint-Trophîmes, à Arles, et Saint-Saturnin, à Toulouse.

Quelques antiquaires ont attribué à Charlemagne la fondation du monastère qui y était annexé ; mais il existait long-temps avant cet empereur ; il fut ruiné par les Sarrasins durant le siége que ces infidèles mirent devant Toulouse en 721, car il se trouvait alors dans les faubourgs. Donc, si quelque roi de la seconde race l'a fondé ou rétabli, ce n'a pu être que Pépin, roi d'Aquitaine.

L'église et l'abbaye furent ruinées et rebâties de nouveau dans le onzième siècle. Elles s'élèvent sur le lieu même où bouillonnait le lac dans lequel les Tectosages jetèrent l'or que Brennus avait rapporté du temple de Delphes. Ce sacrifice fut, dit-on, consommé à l'instigation d'un prêtre qui le leur présenta comme l'unique moyen de faire cesser la peste que les dieux leur avait envoyée en punition d'un sacrilége. Mais, quelques années plus tard, le consul romain Cœpio, fit très irrévencieusement repêcher cet or, et, le trouvant de bon aloi, il l'envoya à Rome sans crainte de se brouiller avec les dieux qu'il détroussait. Mais ces dieux alors ayant pris mal la chose, il lui en advint des désagrémens.

Fait prisonnier par les Tectosages, il fut mis à califourchon sur un âne, la face tournée vers la queue qu'il tenait à la main, en guise

de bride. Il fut promené de la sorte dans
toutes les rues de la ville au milieu des huées,
après quoi on lui coupa la tête. De là est né
le proverbe *il a de l'or de Toulouse*, pour désigner un homme dont les richesses mal ac-
quises ne lui sont qu'une source de revers.

L'abbaye de Saint-Sernin était, au dix-huitième siécle, une des plus célèbres collégiales
du royaume.

Passée depuis aux chanoines réguliers,
l'église, jusqu'à la fin de ce siécle, s'était
maintenue dans le privilége conforme à l'ancienne discipline, de ne pas laisser entrer le
public dans son enceinte.

Mais il en fût autrement après la révolution
de 1793 qui, Dieu merci, a renversé bien
d'autres priviléges qu'on aurait bonne envie de
remplacer par d'autres, les premiers ne pouvant être remis sur pied : l'église resta ouverte
à tous les fidèles sans distinction. Il faut
dire qu'en agissant de la sorte, on se confor-
mait bien plus à la parole et à l'esprit de celui

qui a dit : Il y a place pour tous dans la maison de mon père.

Il en était surtout autrement le jour du
mois d'avril où, lancées à la volée, les cloches
faisaient retentir en longs éclats dans les airs
leur joyeuse symphonie. Trois coups de marteau bien distincts et bien sonores en arrêtaient
et en ramenaient la vive ritournelle comme les
trois coups d'un chef de musique pour donner le branle à l'orchestre.

Les guirlandes de buis et de laurier qui
pendaient en festons aux arceaux, ou ram-
paient en torsades autour des colonnes du
portique ;

Les fleurs effeuillées et les jeunes branches
d'arbres qui jonchaient éparses le seuil de la
basilique et portaient au loin une bonne
odeur de verdure printanière ;

La foule qui accourait nombreuse, re-
cueillie et parée ; tout annonçait une de ces
solennités religieuses dont le midi de la
France, Toulouse surtout, célèbre le retour

avec une pompe qui ferait envie aux premiers temps du christianisme.

C'était la fête de Pâques.

Dans un moment où la solennité du jour aurait moins préoccupé les esprits, l'attention et la curiosité des passans eussent été infailliblement excitées par un jeune homme qui, depuis quelque temps, ainsi qu'une sentinelle durant ses heures de garde, se tenait debout, allait, venait et s'arrêtait devant une des portes latérales pratiquées dans le mur d'enceinte qui enclave l'église et les vieux bâtimens de l'abbaye.

Ce jeune homme s'approchait quelquefois de la grille de fer qui, séparée de la porte latérale par un pilastre, défend l'entrée d'une petite chapelle dont la voûte incrustée de poussière semble taillée dans le mur. A le voir alors plonger ses regards à travers les barreaux, on l'eût dit occupé à déchiffrer les inscriptions gothiques, ciselées sur un cercueil de pierre qui fut la sépulture des comtes de Toulouse.

Peut-être, rêveur et triste qu'il paraissait, sa rêverie et sa tristesse lui venaient-elles des pensées que faisait naître en lui, sur le néant des choses humaines, l'aspect de cette tombe dont le couvercle brisé gisait à terre avec ses bas-reliefs, et d'où le temps — les hommes peut-être! — avait chassé des ossemens que la piété ou l'orgueil avaient prétendu leur donner à garder pour l'éternité.

Arrêté d'autres fois devant la porte latérale, il promenait ses regards sur les deux colonnes qui, accouplées à chacun des côtés, supportent un double archivolte. On l'eût pris alors pour un artiste qui, en face d'un vieux monument, cherche à connaître l'époque à laquelle il remonte, l'ordre auquel il appartient, et se disant peut-être qu'à tout prendre, cette porte, quoique d'un ordre composite non pur, présente dans ses proportions un ensemble assez agréable à l'œil.

Cependant, à voir comme au moindre éclat d'une voix rieuse, au plus léger frôlement

d'une robe de soie, au bruit des pas les moins
retentissans, il détachait ses yeux de la grille
de fer ou de la porte antique, et tournait
brusquement la tête pour jeter des regards
perçans et empreints d'une anxiété curieuse
sur les objets qui causaient sa distraction, on
eût pu croire tout aussi bien qu'il n'était pas
venu là pour se livrer à des méditations de
philosophe ou à des études d'artiste.

Quels que pussent être, du reste, les motifs
qui l'avaient amené en ce lieu, ou les pensées
qui faisaient ainsi varier l'expression de sa
physionomie, on doit présumer qu'il n'avait
encore ni trouvé, ni vu venir ce qu'il attendait.

En effet, plus l'heure s'écoule, et avec
elle la foule empressée d'entrer dans l'église,
et plus son visage assombri porte l'empreinte
de l'impatience ; plus aussi la brusquerie de
ses mouvemens dénote un dépit concentré
qui s'exhale en soupirs nombreux et bruyans.
Il hochait la tête, croisait convulsivement ses

bras sur sa poitrine, frappait la terre du pied et mordait ses lèvres jusqu'au sang.

N'y pouvant plus tenir, il fit quelques pas pour s'éloigner. Il ne tarda pourtant pas à s'arrêter comme si, au milieu de l'incertitude dont il semblait être le jouet, il eût voulu comparer entre eux divers motifs de décision également plausibles. Affligé qu'il était, il dût tout naturellement se décider pour celui qui lui offrait une espérance, et il acheva de s'y laisser prendre, lorsque ayant de nouveau jeté les yeux sur les murs qu'il allait fuir, il vint à réfléchir sans doute que l'église de Saint-Sernin avait trois grandes portes ouvertes, et qu'il s'était constamment tenu devant une seule.

Cette idée éclaircit son front, et un sourire moqueur erra sur ses lèvres comme s'il se fût raillé lui-même d'avoir eu si tard cette idée, tant elle était simple et naturelle ! Aussi ses jambes se mettant au service de sa tête qui s'échauffait, il franchit en deux enjambées les

douze marches de pierre qu'il faut descendre
pour entrer dans l'église.

Il s'arrêta bientôt comme en extase — comme
si c'eût été pour lui un spectacle nouveau de
voir l'intérieur de cette grande et belle basilique, avec ses trois voûtes en plein cintre sou-
tenues par deux rangs de piliers sur lesquels
s'arrondissent de hardies arcades, avec ses
trois autels qui, séparés par le chœur, fermé
de grilles de fer artistement ouvrées, sont éche-
lonnés les uns derrière les autres et superposés
en amphithéâtre! Perspective étrange et gran-
diose! — car le prêtre, quand il officie au troisième et dernier autel, auquel on arrive par une
ascension de plus de soixante marches, s'il est
vu du seuil de la porte à travers les flambeaux allumés et les vapeurs de l'encens,
semble se perdre dans la voûte, porté sur des
nuages avec le taureau en bronze doré qui
renferme les reliques de Saint-Sernin, sur lequel est assise la statue de l'évêque martyr, les
bras étendus vers le ciel.

Oui, quand sur son front, que brulaient ses pensées, il sentit glisser le froid qui descendait des hautes murailles;

Quand ses yeux habitués à l'éclat du jour ne virent arriver à eux les rayons du soleil qu'assombris, teints de la couleur bariolée des vitraux, éclipsés par les feux qui jaillissent de cent lampes d'argent, ou égarés à travers les bougies, les candelabres dorés qui pendent de la voûte et les cierges allumés dans les vingt chapelles qui tournent au tour du chœur;

Quand il entendit, mêlés à la psalmodie des hymnes, les mugissemens de l'orgue qui, soit qu'il chante ou qu'il pleure, — après s'être heurtés au cintre des trois voûtes, avoir roulé d'arcade en arcade, dans les hautes galeries, le long des bas côtés de la nef, — venaient se briser aux vitraux des rosaces du portail et des fenêtres en archivolte qu'ils ébranlaient et fesaient vibrer, comme sous le battement d'ailes d'oiseaux qui cherchent la liberté...

Oh! alors, ce pauvre jeune homme dont le

cœur paraissait tordu par de violentes passions dût faire un triste retour sur lui-même. Peut-être éprouva-t-il ce vague besoin de repos et de consolations que fit naître l'aspect des grandeurs de la foi, et qu'il savait bien ne pas exister pour lui dans le monde oublieux où il allait rentrer. Éprouvé qu'il était, peut-être, dans sa belle et verte jeunesse, il surprit dans son cœur, sur ses lèvres, une prière prête à s'élancer vers Dieu.

S'abandonnant à un indéfinissable sentiment religieux, les bras croisés sur la poitrine, l'œil humide et baissé, il suivit à pas lents la procession qui, circulant autour de la vaste nef, descendit et sembla se perdre dans les sombres caveaux dont les voûtes supportent le chœur de l'église.

C'est là que, sur les marbres des chapelles ardentes, on voit reluire l'or et l'argent des châsses dans lesquelles sont enfermées les reliques d'un grand nombre de saints et de martyrs. Pieuses catacombes qui, deux ou trois

fois l'an, ouvertes nuit et jour aux fidèles,
pourraient, si elles étaient moins coquettement
parées, rappeler celles où les premiers chrétiens célébraient leurs mystères. Mais aujour-
d'hui, et depuis bien des années, il faut le
dire, ces lieux retentissent encore et fort souvent du bruit de nombreux baisers qui, pour
être appelés *baisers de paix* auraient besoin
d'une autre apologétique adressée par un autre
Tertulien aux gentils du siècle, et cela même
en dépit de ce dystique, en assez mauvais latin,
dû à l'exagération gasconne et qu'on lisait naguère sur l'une des portes de ces caveaux :

Omnia si lustres alienæ climata terræ
Non est in toto sanctior orbe locus.

Aussi, après que les aspersions d'eau bénite
eurent cessé de tomber en rosée sur les élé-
gantes toilettes des femmes agenouillées, et sur
les frisures pommadées des muscadins de la
ville, Alfred Royer se trouva-t-il rappelé malgré lui à ses passions mondaines. Aurait-il pu

en être autrement en voyant avec quelle facilité et quelle promptitude, à mesure que la
procession s'éloignait, garçons et jeunes filles
passaient du recueillement de la piété à une
causerie tendre dont la langue toutefois faisait
moins les frais que les yeux et les gestes mi-
naudiers.

C'est qu'à Toulouse, à Toulouse la sainte,
comme cette ville s'appelle encore dans un certain monde, on se ressent du voisinage de
l'Espagne. Les églises y sont pour la jeunesse
ce que sont ailleurs les promenades et les
théâtres, des lieux de rendez-vous. Plus d'une
sainte basilique, plus d'une cérémonie religieuse, à l'époque des missions surtout, ont vu
commencer plus d'une intrigue qui n'a pas
toujours fini aux pieds d'un autel et par une
cérémonie religieuse.

N'ayant sans doute point trouvé dans les caveaux ce qu'il était venu chercher, Alfred remonta dans l'église et se dirigea vers la nef.
Selon l'usage l'approche en était défendue par

un triple rang de jeunes gens qui viennent là pour voir et pour être vus, au grand scandale des dévotes dont Toulouse fourmille, exposés aux anathèmes des prêtres surveillans qui, en surplis et en bonnet carré, viennent prêter l'appui de leurs véhémentes apostrophes, aux insuffisantes et timides baguettes des bedeaux.

En suivant les ondulations de cette triple palissade hérissée de cheveux frisés, de jabots plissés ou canelés, de cravates empesées et haut montées, de sourires pleins de prétention et de fatuité, et de bésicles dorées dont la conscription de l'empire avait fait une mode, Alfred à son tour fut porté sur le premier rang. Comme un homme peu disposé à se laisser enlever par les caprices du flux et du reflux de la foule, la place qu'il doit à ces caprices, il s'adossa ou plutôt, comme s'il faisait prendre racine à ses pieds en les appuyant fortement contre terre, il se cramponna à l'un des piliers qui supportent la voûte.

1.   17.

Long-temps ses regards errèrent incertains sur les fidèles à genoux. Enfin sa pâleur habituelle s'effaça peu à peu sous le rouge qui lui montait au visage; sa poitrine fut soulevée par les battemens de son cœur; ses yeux s'animèrent et devinrent fixes. Celui qui en aurait suivi la direction les eût vus qui se posaient sur une jeune et élégante demoiselle dont Alfred semblait attendre un regard, et qui, émue et troublée sous cette fascination, rougissait et pâlissait tour à tour.

Tous les deux s'étaient reconnus, sans doute.

Mais à bien les observer, on se fût convaincu que leur trouble à tous les deux ne venait pas de la même cause, car, chez Alfred, il y avait de l'espérance, du bonheur! il y avait de la confusion chez la jeune fille, presque de la crainte, peut-être même un remords!

Vint l'instant du prône.

Un prêtre monta en chaire; il tenait à la main un registre orné de fermoirs en cuivre argenté, et, avant de prêcher sur la fête du jour, il lut les publications de mariage.

Quelques-unes furent lancées sans que l'attention d'Alfred en fût le moins du monde éveillée ; que lui importaient ces gens, dont enfant, il avait à peine su les noms.

Plus, au contraire, le prêtre avançait dans sa lecture, et plus il y avait de l'embarras sur le visage de la jeune fille.

Enfin le prêtre dit :

— *Il y a promesse de mariage entre M. Ferdinand de Micas...* etc.

Ce nom, bien connu, arracha un moment Alfred à ses pensées, et appela même un sourire sur ses lèvres, comme s'il se fût dit : — oh ! pour celui-ci, c'est un ami d'enfance ; il se marie, qu'il soit heureux !

Mais le prêtre ajouta aussitôt : *et demoiselle Emilie de Chavardès.*

A ce nom, Alfred devint horriblement pâle ; il leva convulsivement la tête, et portant des regards effarés sur le prêtre, il semblait lui

dire : — oh ! tu mens ! tu mens ! repète un peu,
pour voir? Oh! ce nom! mais tu as menti...
ou j'ai mal entendu.

Hélas! le prêtre passa outre, et commença
le prône.

Alors, comme s'il eût subitement trouvé le
moyen de savoir à quoi s'en tenir sans interroger ce prêtre impassible, Alfred, laissa retomber ses regards sur la jeune fille ; mais elle
avait baissé la tête, et son voile rabattu sur son
visage, annonçait assez, qu'elle voulait dérober à tous les yeux l'émotion qui lui était
causée par cette publication des bans de mariage.

C'était bien plus qu'il n'en fallait pour
qu'Alfred laissât, avec un soupir, échapper
ces trois mots, qui résumaient sa douleur et
sa vie :

— C'est donc vrai?

II.

L'ABSENCE.

———

Depuis quelques heures l'église de Saint-
Sernin était vide de peuple, de chant et d'encens, et pourtant Alfred était à la même
place, pâle, les yeux sans regards, les lèvres
contractées et une main fortement appuyée

sur la poitrine comme s'il eût voulu comprimer son cœur prêt à la briser pour s'ouvrir un
passage.

Cette attitude étrange avait excité la curiosité ; et la foule dévote qui, après la grand'-
messe, s'était lentement écoulée, ne s'était
point fait faute de commentaires à demi-voix.
C'est qu'aussi, à part ce morne recueillement
que dans tout ce peuple une seule personne
eût pu attribuer à une influence autre que
celle du lieu, il faut dire qu'Alfred de Royer,
était bien fait pour attirer l'attention.

C'était un fort et beau jeune homme,
même dans ce pays où la génération qui gran-
dit au pied des Pyrénées est si forte et si
belle. Sa taille droite et élevée, sa tête qu'il
portait haute, son regard vif et fier, sa moustache noire, un bout de ruban rouge qui
semblait se cacher sous les revers de son habit bleu boutonné, une cicatrice qui sillon-
nait une de ses joues et qui, sans le défigurer,
donnait à son visage une sombre expression

d'énergie ; tout révélait en lui un de ces braves et jeunes officiers de Napoléon qui, trahis
par la fortune à Waterloo, venaient de rentrer dans leurs foyers, licenciés qu'ils avaient
été par une politique maladroite et poltronne,
plus empressée de satisfaire les exigences de
l'étranger, que celles de l'honneur et de l'intérêt de la France.

C'était en effet un jeune et brave officier de
la Grande-Armée, qu'Alfred Royer.

A peine âgé de seize ans, il avait troqué son
uniforme de lycéen contre les pelisses de ces
jeunes gardes d'honneur, enrôlés volontaires
que, devant l'inévitable conscription, les
meilleures familles de France, aiguillonnées
par la dure servilité des préfets, jetèrent aux
glaces de la Russie, tout montés, tout équipés, tout brillans de jeunesse, de courage, de
broderie et de couleur écarlate. Un régiment
de cuirassiers de la garde impériale russe en
fit, comme on sait, une horrible boucherie à
la première rencontre; car ces braves jeunes

gens, comme les soldats de César à Pharsale, ne pouvaient frapper qu'au visage cette garde bardée de fer, et leurs bras ainsi levés ouvraient jusqu'à leur poitrine découverte un passage facile pour la pointe de la droite et longue latte d'acier.

Après la malheureuse campagne de Dresde, Alfred rentra en France avec les débris de notre grande armée, et en 1814 il salua d'un dernier cri de *vive l'empereur !* les aigles que Napoléon en pleurant embrassa à Fontainebleau.

Alfred s'était retiré alors au milieu de sa famille.

C'est là qu'il avait retrouvé, grande et belle demoiselle, Emilie de Chavardès qu'il avait laissée enfant. Il sentit bientôt se changer en un violent amour, pour la grande et belle fille, l'attachement que lui avait inspiré l'enfant capricieux et folâtre dont quelques années auparavant, malgré la différence des âges, il avait partagé les jeux.

Emilie de son côté, en voyant si brave et si beau celui que dans son enfance elle avait trouvé si complaisant et si doux, s'abandonna à toute la magie des souvenirs, et l'amour dans son cœur prit aussi la place des passagères affections de l'enfance.

Amies depuis long-temps, leurs mères se promirent alors que leurs enfans seraient entre elles un lien nouveau d'amitié, déjà même elles parlaient de fixer le jour où seraient réalisés ces projets d'avenir, lorsque le débarquement de Napoléon à Cannes vint surprendre la France et la diviser en deux camps.

Par les souvenirs de sa jeunesse où la révolution n'apparaissait qu'avec son fantastique appareil de terreur et d'excès, cortège obligé pour les ignorans et les gens de mauvaise foi; par certaines accointances de haute parenté, par le *de* qui précédait son nom, par sa qualité de mère qui avait perdu son fils sur l'un des mille champs de bataille que nous avait faits l'empire; enfin, et surtout par soumission aux exigences de la mode adoptée avec fureur dans les salons des gens qui s'arrogent le privilége exclusif d'être *comme il faut,* madame de Chavardès se crut dans la nécessité d'être et de se poser royaliste.

Emilie, par indifférence, nonchaleoir ou crainte, ne paraissait pas penser autrement que sa mère.

Alfred, lui, n'avait jamais connu ni les Bourbons ni l'émigration qui rentrait à leur suite. Elevé au son du tambour, il ne savait guère de l'histoire de France que l'époque brillante dàns laquelle il vivait. Un seul nom y dominait tous ces noms de rois et de peuples, c'était celui de Napoléon. Or, Alfred l'avait bravement servi dans cette grande armée qui, triomphante ou vaincue, avait rempli le monde de ses prodiges. Il faisait partie de ce corps brillant d'officiers d'ordonnances que Napoléon d'un geste ou d'un mot poussait dans la mêlée, et que Napoléon aimait d'une affection toute particulière, car chacun d'eux, ardent, enthou-

siaste et brave, était au bout de la pensée impériale comme le rayon qui la faisait arriver et
luire en vingt endroits à la fois. Il les aimait
comme la tête qui commande aime la main
qui exécute, car ils étaient la main intelligente
et dévouée qui, au terrible jeu des échecs dont
un champ de bataille est le damier, faisait, à
travers le fer et la flamme, mouvoir les fantas-
sins et les cavaliers que le regard de l'empereur avaient désignés. Il les aimait enfin parce
que sans eux la pensée impériale aurait manqué d'action. Et eux, ces braves jeunes gens,
aimaient l'empereur comme on aime la puissance mystérieuse qui nous sourit, nous élève
et remue en nous toutes les nobles facultés
de la jeunesse, l'enthousiasme, l'intelligence,
le courage, l'orgueil, le mépris des dangers et
l'amour de la gloire! d'ailleurs Alfred avait
reçu la croix-d'honneur des mains mêmes de
Napoléon.

Alfred donc était bonapartiste.

Le retour de l'île d'Elbe, en relevant les es-

pérances des uns, qui témoignaient hautement
leur joie, et en détrônant les chimères des autres, qui ne pouvaient céler leur désappointement, semèrent dans beaucoup de familles, à
cette époque, des germes profonds de mésintel-
ligence. La discussion excita des emportemens
et des colères, la froideur s'en suivit, et la haine
arriva bien vite. Aussi, dès ce jour, madame
de Chavardès moins généreuse parce qu'elle
était du parti vaincu, renonça-t-elle intérieu-
rement au projet qui avait long-temps fait sa
pensée et sa joie. Elle mit son orgueil à se venger de sa défaite politique sur le cœur de celui
qui était au nombre des vainqueurs et qui
avait tant de motifs de s'en réjouir. Triste vengeance ! Elle ne songeait donc pas, ou du
moins elle s'en inquiétait peu, que le cœur de
sa fille allait payer la moitié des frais de cette
guerre d'amour-propre.

Alfred n'eut pas trop le temps d'être malheureux de tout ceci. Sûr d'Emilie, qui ne
poussait pas son fanatisme pour l'opinion de

sa mère jusqu'à sacrifier ses chères espérances
d'amour ; s'en remettant, d'un autre côté, à
l'empereur du soin d'obtenir par les armes un
de ces beaux succès qui rallient les dissidens,
dérident les boudeurs et hâtent les retarda-
taires ; car les dernières années de l'empire lui
avaient appris à quoi s'en tenir sur la durée
et la force des rancunes de la noblesse et de
l'esprit de parti qui tinrent si peu devant des
rubans, des titres, des clefs de chambellan et
des tabourets à la cour ; comptant d'ailleurs
sur sa mère, sa bonne et active mère à lui,
pour ramener à des sentimens meilleurs la
mère de sa fiancée, Alfred partit pour Paris.
Il alla rejoindre l'armée qui, après avoir reçu
ses aigles au Champ-de-Mars, belle, enthou-
siaste, comme autrefois, son grand empereur
en tête s'élançait à la frontière pour se heurter
contre une seconde invasion.

Mais Napoléon ne retrouva plus son étoile
au ciel...

Les destinées de la France ne furent pas seu-

les jouées et perdues sur le champ de bataille
de Waterloo. Celles d'Alfred et d'Emilie furent
jouées et perdues le même jour, car elles en
suivaient les fortunes diverses. Tant qu'il y
eut des chances pour les armes de l'empereur,
Mme de Chavardès ne se montra pas trop éloignée de céder un jour aux représentations de
ses amis, et même elle faisait bon accueil aux
instances de la mère d'Alfred. C'est que digne
femme, celle-ci ne craignait pas le moins du
monde de paraître s'humilier en faisant les
premiers pas vers une réconciliation sincère,
tant elle savait à quoi était attaché le bonheur
de son fils. Mais lorsqu'il fut bien certain que
Paris avait de nouveau sa ceinture de cosaques, Mme de Chavardès ne garda plus de
mesure, elle jeta le masque, se releva de
toute sa hauteur, et enjoignit à sa fille d'écouter les propositions qui lui étaient faites pour
un autre mariage.

La mère d'Alfred elle-même n'avait plus
aucune bonne raison pour continuer ses sup-

plications et ses remontrances. On savait quelle terrible consommation la dévorante bataille de Waterloo avait faite d'officiers d'ordonnances, et par quelques-uns de ceux qui avaient survécu, on avait appris qu'Alfred était tombé à l'endroit qui avait été le plus sillonné par les boulets et foulé par les chevaux ennemis. Alfred d'ailleurs n'avait plus écrit depuis cette funeste journée.

Emilie ne savait que trop tout cela. Elle éloignait bien d'un mois à l'autre le moment de se soumettre à la volonté de sa mère; mais près d'une année s'étant écoulée de la sorte, elle sentit faiblir en elle le courage de la résistance, et s'éteindre un amour sans espoir. A peine eut-elle donné son consentement, qu'on apprit qu'Alfred n'était point mort. Laissé pour tel, sur le champ de bataille, il avait été recueilli dans les ambulances de l'ennemi, et on annonçait qu'il serait bientôt de retour d'Angleterre où des blessures dangereuses avaient seules prolongé sa captivité.

. Il était arrivé, en effet, dans la nuit même
qui avait précédé le jour où nous l'avons vu
assister au prône dans la basilique de Saint-
Sernin.

Ainsi qu'il advient d'ordinaire dans les choses même dont on désire le plus de parler,
mais dont je ne sais quel sentiment vague et
pénible fait redouter l'entretien, Alfred n'osa
pas interroger sa mère sur Emilie. Mme Royer
de son côté, pensant que son fils apprendrait
toujours assez tôt une mauvaise nouvelle, fei-
gnit de ne comprendre ni ses regards, ni
son air préoccupé, ni ses questions détour-
neés.

Ce fût pour sortir de cet état de doute,
qu'il tremblait pourtant de voir cesser, que,
usant de ces ménagemens qui empêchent d'a-
border une difficulté de front, Alfred, comme
on l'a vu, se rendit à l'église. Il n'ignorait pas
que sa destinée lui serait révélée par la seule
rencontre de ses regards avec ceux d'Emilie.
Or, il ne savait que trop à cette heure, le

pauvre jeune homme, quel destin lui avait été fait.

Tant qu'il avait été à distance et dans l'in-décision, Alfred pouvait se dire, après tout, que la crainte, selon l'usage, lui en exagérait l'étendue; mais lorsqu'il vit ses prévisions mêmes si cruellement dépassées, il demeura anéanti.

C'est pour cela qu'il demeura de longues heures adossé au pilier de l'église, où la fatale nouvelle l'avait frappé, indifférent au mouvement et au bruit qui l'entouraient, froid et impassible comme une statue dont son corps avait l'immobilité. L'existence chez lui s'était toute repliée en dedans. On eût dit un volcan dont le cratère était fermé et qui bouil-lonnait sur lui-même.

Que se passa-t-il en lui quand le prêtre eut cessé de parler? Et lorsque le front rouge et baissé d'Emilie eut été pour lui le livre où il lisait son abandon et son infortune, qui l'em-porta dans son âme de l'amour ou de la haine,

de la pitié ou de la vengeance? nul ne l'eût pu
dire alors.

Seulement, quand son insensibilité apparente eut cessé d'être bercée par les chants et
les parfums religieux au milieu desquels elle
était née, le regard revint à ses yeux, le sang
à ses joues et à ses lèvres, et le frémissement
à ses mains. Se voyant seul au milieu de la basilique, trouvant vide aussi la place d'où lui
était venu ce coup de massue, il poussa un
profond soupir, comme si, en une seule fois,
il eût voulu dégager sa poitrine du poids qui
l'oppressait. Il secoua vivement sa tête qu'il
rejeta en arrière comme s'il eût voulu se débarrasser à toujours des pensées dont il ne
voulait plus. Il regarda devant lui, loin, bien
loin dans l'espace, et un éclair de joie illu-
mina ses yeux comme s'il se fût emparé enfin
d'un avenir certain; et il marcha droit et
ferme comme un homme qui, à l'issue d'une
longue lutte intellectuelle, prend bravement
son parti.

Quand il retourna chez lui, sa bonne mère
le trouva si calme, si empressé même à parler d'un ton léger et railleur, sans amertume,
d'un événement dont elle entrevoyait l'approche avec terreur, qu'elle eut presque
honte des frayeurs qu'elle s'était faites.

Bien plus, Alfred lui ayant avoué qu'il
avait passé de longues heures à l'église,
dans la contemplation et le recueillement,
cette pieuse mère ne douta pas que Dieu,
prenant ses angoisses en pitié, n'eût réveillé, dans le cœur de son fils, les sentimens
religieux de l'enfance et ne l'eût ainsi guéri de
sa fougueuse passion. Qu'on ne s'étonne point
que cette pensée lui fût venue; les soldats de
Napoléon avaient depuis si long-temps cessé
d'entrer dans les églises, qu'à moins d'une
grâce d'en haut elle ne pouvait raisonnable-
ment interpréter l'acte inoui de son fils.
C'est que les soldats de Napoléon n'entraient
jamais que dans les basiliques des capitales de
l'Europe conquise; ils n'y allaient qu'enseignes

déployées, aux roulemens des tambours, au bruit des cloches, aux sons de l'orgue mêlés aux éclats retentissans des fanfares et aux chants de l'étincelant *Te Deum*, enveloppés d'encens et de lauriers, le lendemain d'une victoire, pour rendre grâce au Dieu des armées... Mais depuis longtemps le Dieu des armées ne leur avait pas fait un jour de victoire.

Comme mère et comme chrétienne, madame Royer faisait sa joie de ce retour de son fils à la religion.

Comme femme, pourtant, elle ne pouvait s'empêcher, hochant la tête et souriant à l'idée d'un amour si vîte envolé, de se dire parfois :

Mon Dieu ! c'est feu de la Saint-Jean que l'amour des hommes; il brûle une heure. Et leurs larmes, c'est pluie d'été que sèche un premier rayon du soleil.

Sur le masque d'insensibilité que son fils avait mis, elle ne savait pas lire autre chose !

III.

INDIFFÉRENCE ET CAUSERIES.

La nouvelle du retour d'Alfred s'était
promptement répandue par la ville. Depuis
un an environ qu'on s'était habitué à l'idée de
sa mort, il en coûtait à certaines personnes
de se faire à une idée toute contraire, et quelques-unes même trouvèrent fort déplaisant

de s'être apitoyées en pure perte et d'avoir colporté en tous lieux les éclats d'une douleur qui n'avait pas eu d'objet. Le public sensible du grand monde qui, au coin du feu, les pieds sur les chenêts, la tête appuyée contre le marbre de la cheminée, a toujours l'esprit et le cœur en quête d'émotions, allait jusqu'à trouver mauvais que son mort fut ressuscité. Et peu s'en fallut qu'il ne criât qu'on l'avait volé, qu'il lui fallait son mort, et qu'Alfred ne pouvait plus vivre attendu qu'il avait été bien et dûment pleuré.

Pour faire cesser ces hauts cris, quelques plaisans n'eurent rien de mieux que de traiter la chose par les calculs algébriques. Il fut démontré que la résurrection d'Alfred n'engageait à rien pour l'avenir la sensibilité du beau monde. Qu'Alfred dorénavant pouvait se casser bras et jambes, se tuer en un mot, sans qu'on fût tenu à lui accorder un regret, une larme. Il avait ou sa juste part de tout ce qu'en ce genre il revient à la mort de tout individu ici-bas. C'était tant pis pour Alfred, si comme les fils de famille il avait dissipé cette légitime avant le temps ; certes on n'irait pas rogner la portion des autres pour lui en faire une nouvelle.

Quelques spécieuses que parussent ces consolations tirées de la théorie des douleurs et des larmes à l'usage du beau monde, le beau monde aurait fort difficilement pris son parti, si son instinct de curiosité maligne ne lui eût montré, dans cette résurrection, un aliment à des émotions nouvelles. Mais en vérité il ne pouvait tenir longtemps rigueur à ce pauvre Alfred dont le retour allait devenir une cause féconde de controverses fort animées, et qui allait fractionner la ville en coteries ; car toute la ville savait depuis longtemps ce qu'Alfred ne venait que d'apprendre, et déjà on se demandait ce que ferait Mme de Chavardès. Oserait-elle retirer au fils, et face à face, la parole donnée, comme elle l'avait retirée à la mère? Et Emilie, allait-elle reprendre, dans ce

retour, l'énergie que la certitude de la mort
d'Alfred lui avait fait perdre ? et, en face d'un
homme qu'elle aimait et à qui elle était promise, allait-elle en prendre un qui lui était
imposé. Et Ferdinand lui-même, le compagnon d'enfance, l'ami d'Alfred allait-il persé-
vérer à épouser la fiancée d'un ami vivant?
Mais par dessus tout c'était Alfred qui préoc-
cupait vivement les esprits. On connaissait son
caractère bouillant et énergique, son amour
vrai et inguérissable, et son courage et sa volonté de fer. On ne savait pas précisément quel
acte de lui on pouvait attendre, mais on se
disait tout bas que ce serait quelque chose de
fort peu ordinaire; et Dieu sait comme les ima
ginations s'échauffaient à courir dans le vaste
champ des prévisions et des probabilités, mais
plus encore dans le champ infini des impossi-
bilités et des invraisemblances. Toujours était-
il que devenu ainsi l'objet de la préoccupation
du grand monde, Alfred avait fini, comme

il arrive d'ordinaire, par en conquérir toutes les sympathies.

On était donc désireux de le voir, et le bruit s'étant répandu que le soir même il se présenterait au jeu des demoiselles Bessières, il n'y eut pas un des habitués de ce salon qui ne se promît d'y aller. Bien des personnes même qui, par pruderie ou par morgue, avaient laissé sans réponse, ou n'avaient fait suivre que d'une réponse évasive, ou d'un refus poli les invitations de ces demoiselles, se mirent en campagne pour se faire inviter de nouveau, ou pour faire savoir à l'avance qu'elles étaient heureuses de pouvoir enfin faire honneur aux invitations anciennes.

C'est que les salons des demoiselles Bessières n'avaient pas été à l'abri des médisances dans un certain monde. Ils avaient pour pilier quelques vieux célibataires, grands joueurs, qui, plus d'une fois, sur une carte ou sur un coup de dé, avaient jadis mis leurs carrosses, leurs terres, leurs maîtresses et peut-être même

leurs femmes épousées en bon et légitime mariage. Ces ci-devant de l'ancien régime étaient
venus autrefois, durant leur folle jeunesse,
tourbillonner à Paris et perdre leur fortune et
leurs mœurs autour des tables que le comte
d'Artois, le prince de Condé et le duc d'Orléans faisaient dresser chez Carline, chez la
Duthé, ou chez la Quincy, qui amassa de l'or
à servir de matrone aux deux autres dans sa
petite maison de la rue Saint-Lazarre. Ces
messieurs avaient ordinairement pour partner
des coquettes surannées qui s'emmaillottaient
de linges pour se façonner des formes, et se
mastiquaient le visage pour combler les sillons
que les rides y avaient creusés. Caractères
hargneux, langues venimeuses qui se vengeaient sur la jeunesse et sur les joies du présent de la perte de leur jeunesse et du délais-
sement où on les tenait; dévotes d'hier qui,
n'étant plus bonnes pour le diable, s'en re-
tournaient à Dieu, et qui, par la pruderie de
leur vieillesse, croyaient expier et faire ou-

blier les déportemens de leurs jeunes années.
A l'aspect de tout ce monde, mâle et femelle,
on eût été fort empêché de dire ce qu'il y avait
de plus délâbré en lui, de la fortune, du
corps ou de la conscience.

On avait remarqué que les tables où les
cartes et les paris étaient tenus par ces messieurs et ces dames, étaient celles où, à fin de
compte, il se glissait toujours quelques er-
reurs dans les enjeux. On allait même jusqu'à
citer une marquise qui ne manquait jamais
de relever la première le gain d'un pari dont
elle n'avait pas fait les fonds. On ajoutait que
sa langue, plus que médisante, aidée des
ongles au besoin, se gendarmait contre la plus
simple manifestation d'un doute sur ce que
par bienséance on appelait un oubli involontaire.

D'un autre côté, on prétendait que souvent,
à certains jours, dans la plus vive animation
du bal ou du jeu, quelques hommes et quelques femmes, dont on racontait les intelligences

secrètes et les intrigues, disparaissaient des salons presque en même temps, et qu'on entendait un bruit inaccoutumé de pas assourdis,
ou de meubles heurtés à l'étage supérieur que
l'on savait inhabité, mais où, dit-on, se trouvaient de petites chambres élégamment dispo-
sées, ornées de glaces et de fleurs. Nul, il est
vrai, ne pouvait nominativement désigner une
intrigue ou une personne ; nul ne pouvait net-
tement citer une date ou un fait précis, nul
n'avait rien vu, mais tout le monde affirmait.
Ce pouvait être une calomnie ; mais dans ce
pauvre monde rien ne ressemble plus à la vérité qu'une calomnie que les indifférens ac-
cueillent, que les méchans propagent, devant
laquelle les amis même se taisent, et dont tout
le monde parle.

C'est tout cela qui éloignait des salons de
Mmes Bessières les mères qui pensent que les
jeunes filles sont comme les violettes : plus elles
se cachent plus on les recherche ; que pro-
duire trop vite une jeune personne dans les

salons est un sûr moyen de la faire paraître vieille avant le temps, et qu'un mariage se présente peu pour la demoiselle qui, faisant courir l'œil et les sourires, galoppe à la recherche des maris dans les salons, sous l'aile d'une mère qui dort, bavarde, ou se résigne à l'office du bateleur qui fait valoir sa ménagerie pour amorcer les badauds. C'est cela aussi qui éloignait les beaux joueurs qui font du jeu un passe temps et non un moyen de fortune ou d'existence.

Mais en revanche, c'est tout cela qui attirait les fils de famille qui se jettent tête baissée dans toutes les passions, et qui aiment à les satisfaire sans se soumettre aux rigoureuses exigences d'un monde prude et guindé. On était assez à l'aise chez les dames Bessières, on y parlait haut, on y riait aux éclats, on s'y asseyait cavalièrement sur les bras des fauteuils, on y continuait le soir, sans trop de façon en paroles, une conversation commencée en œillades au sermon ou sur la grande allée de l'Es-

planade. Jeu, causerie, tenue, tout y sentait
le laissez-aller de la province, et appelait là
ceux qui veulent de la familiarité sans licence,
et de la bonne compagnie sans raideur. Or, c'é-
tait le plus grand nombre.

D'ailleurs, ces salons étaient le lieu où l'aristocratie et la bourgeoisie se pouvaient rencontrer, la première sans morgue, la seconde sans
envie. Sans eux, la société toulousaine eut
toujours été coupée en deux ; d'un côté était la
noblesse, les hobereaux, engeance fort vaniteuse
de ses titres, et qui tout bonnement comptait
dans ses aïeux de gros marchands auxquels
l'échevinage ou le capitoulat avaient donné
des écussons. Ce monde-là était reçu chez le
comte d'Argicourt, qui le flanquait des officiers
de la garnison dont le nom était précédé de la
particule ; salons pédans, salons ennuyeux où
l'on dissertait à perte de vue sur les moyens
de ramener la France au bon vieux temps, où
l'on se montrait bien plus royaliste que le roi
lui-même, comme si le roi Louis XVIII, d'as-

tucieuse mémoire, ne l'était pas assez comme
cela ! et où l'on envoyait une fois par semaine,
à tous les diables, cette polissonne de Charte
qui reconnaissait la nouvelle noblesse à l'égal
de l'ancienne, et qui sanctionnait la vente des
biens nationaux.

Les salons de la famille Daran, entrepo-
siteurs des tabacs de la régie, étaient ouverts
aux riches négocians, aux fonctionnaires publics, à toutes les classes bourgeoises qui pos-
sédant la richesse, au lieu d'une noble origine,
se préparaient à venir un jour parader aux Tuileries, et devenues gentilhommerie de pignon
sur rue, consommer au moral par les airs et
les priviléges de cour, la révolution matérielle
que 93 avait commencée.

Quelque divisé qu'il fut au demeurant,
quand il s'agissait de questions de préséance,
tout ce monde se réunissait avec plaisir dans
un lieu où ces questions s'effaçaient. La noblesse, d'ailleurs, fort peu montée en es-
pèces, venait y contracter des liaisons qui

pouvaient se résoudre pour elle en des emprunts dont elle avait grand besoin ; et la bourgeoisie, toujours prête à monter sur des échasses, n'était pas fâchée de se frotter aux airs aristocratiques dont elle retenait quelque chose, et dont elle pressentait bien qu'elle serait un jour l'héritière, car le siècle tendait alors à avoir pour Dieu un lingot d'or, et un usurier pour roi. A ce compte, la bourgeoisie seule pouvait desservir ces nouveaux autels, et parader autour de cette puissance nouvelle qui a un sac d'écus pour trône.

Le retour d'Alfred, étant l'événement du jour, avait achevé de lever les derniers scrupules de bien des gens par la curiosité qu'il inspirait. On voulut donc aller à la soirée des dames Bessières, d'abord pour le voir, et puis on espérait quelque peu de drame de la première entrevue d'Alfred avec Mme de Chavardès et sa fille. On allait là comme à une pièce nouvelle; on ne craignait pas que quelqu'un des acteurs fit défaut, car Alfred avait annoncé qu'il serait présent, et Mme de Chavardès était si liée avec les dames Bessières qu'elle ne pouvait pas trouver de prétexte pour ne point se rendre à leur soirée, — c'eût été avouer qu'elle redoutait la présence d'Alfred, et on la savait femme à prouver le contraire.

Aussi jamais tant de monde n'avait afflué chez les dames Bessières, toute émerveillées de ce succès dont elles soupçonnaient peu la cause secrète.

Lorsqu'Alfred entra, il se fit un léger murmure de satisfaction, tous les yeux se tournèrent vers la porte ; les jeux furent interrompus, les conversations cessèrent, et les dames qui ne pouvaient pas voir, montèrent sur des chaises. Alfred devina bien vite les motifs de cet empressement qu'il eut l'air de ne pas remarquer, mais qui lui fut un motif de se composer le maintien pour décevoir les espérances de la curiosité maligne.

Il prit un air leste et dégagé, serra la main

à des amis, sourit à d'anciennes connaissances,
et causa quelques minutes avec des personnes
dont la position sociale commandait les égards.
Enfin il se dirigea vers la partie du salon où
Mme de Chavardès était assise avec sa fille, devant qui, courtisan assidu, Ferdinand se tenait debout. Ce fut le moment désiré; tous
retenaient leur respiration, on eût entendu le
bruit des ailes d'un papillon. L'attention était
au comble. On attendait la première parole
comme un événement. On était à cent pieds
au-dessus de la terre... On y retomba de toute
cette hauteur; jamais désappointement ne
fut plus complet.

Alfred salua d'abord ces dames avec ce ton
d'aisance et d'urbanité parfaites qui ne laissent aucun prétexte à un accueil froid et réservé, quelque préparé qu'il soit d'avance.
Rien, dans ses regards, dans son maintien ne
laissa entrevoir qu'il eût la pensée de réclamer
comme un sot ou un fâcheux des droits qui
lui avaient été retirés. Bien loin de là, ce fut

avec une courtoisie tout à fait galante et de bon goût qu'il complimenta Mme de Chavardès sur le mariage de sa fille. Se tournant vers Ferdinand, il eut un choix si heureux d'expressions pour le féliciter, et un son de voix si libre qu'il eût semblé que ce mariage n'avait jamais eu le pouvoir de blesser ni les souvenirs, ni les espérances de qui que ce fût au monde, si Emilie n'avait baissé les yeux, et si Ferdinand n'avait eu l'air penaud d'un fondeur de cloches.

Mme de Chavardès, en femme d'esprit, entra de plein-pied sur ce terrain d'indifférence et de politesse où Alfred s'était posé. Et après quelques lieux-communs, sur sa blessure et sa captivité, Alfred continua de promener dans les salons ses saluts de bien-venu et ses causeries.

Il se trouva bientôt au milieu d'un groupe où l'on dissertait sur le caractère français. La dissertation était venue de la circonstance même. Quelques personnes avaient remarqué qu'il y avait eu une légère teinte d'ironie dans les salutations et les paroles d'Alfred auprès des dames de Chavardès; de là on avait pris le texte éternel et rebattu de la légèreté de notre caractère national, et d'analogie en analogie on avait fini par arriver aux deux mots qui en sont l'image et l'expression la plus ordinaire. On faisait donc à pleine bouche l'éloge ou le blâme de l'épigramme et du calembourg.

Un des interlocuteurs était l'abbé Jamme, un pédant à jambe fine et à bas de soie, toujours poudré, propret et rose, la fine fleur des abbés du vieux temps, grand monopoleur d'amourettes et de places académiques, faisant de la littérature par fatuité, de la galanterie par tempéramment, et de la morale par position pour honorer dans les salons sa soutane qu'il retroussait lestement dans les boudoirs.

Il s'était mis à faire une homélie sur le temps passé au détriment du temps présent dont il faisait sans façon la pâture du diable.

— Oui, messieurs, ne vous en déplaise, disait-il au moment où Alfred s'approchait, la vieille société française était bâtie sur de solides fondemens ; car il n'a fallu rien moins qu'une révolution sanglante pour la culbuter.

— Ma foi, dit Alfred, il me semble qu'il nous est permis aujourd'hui de croire que cette vieille société française n'avait des racines ni aussi vivaces ni aussi profondes que le dit le cher et savant abbé.

— Voyons cela, dit l'abbé.

— Tenez, reprit Alfred, pour continuer le sujet qui vous égayait tout à l'heure, de pitoyables arguments, qui ne s'appuyaient qu'aux deux faces du calembourg, ou ne tournaient que sur la pointe d'une épigramme, l'ont, durant des siècles, balottée au gré de leur influence, et l'ont fait jouer au jeu terrible des révolutions qui a broyé grain à grain les deux pierres angulaires de cet édifice, devant lesquelles vous vous prosternez, Dieu et le roi.

— Ah ! par exemple, voilà un effroyable

paradoxe pour un officier de cavalerie, dit en
riant l'abbé Jamme, et il faudrait toute la dialectique d'un philosophe pour le soutenir.

— Vraiment non, reprit Alfred, je ne suis
pas un philosophe, mais j'ai étudié un peu
l'histoire de mon pays depuis que je ne suis
plus sous votre férule, mon respectable ins-
pecteur, qui m'interrogiez autrefois sur l'histoire de Leragois et d'Anquetil. Allez, allez,
ce n'est pas comme vous le dites, messieurs
les faiseurs de restauration, ce n'est pas seulement au dix-huitième siècle, à cette époque
tant anathématisée, où la société craquait de
toutes parts, dans ce siècle si peu croyant aux
choses saintes, si peu respectueux envers les
puissances, que les deux grands leviers du
ridicule ont été lancés contre l'édifice social.
La besogne de destruction a commencé avec
l'œuvre d'édification.

Oh! ne haussez pas les épaules, cher et
docte abbé, la lumière sort du boisseau ; ces
bons aïeux, qu'on nous dépeint si pleins de

foi et de vénération pour les mystères de la religion et l'autorité des rois, étaient tout simplement de joyeux compagnons qui, sans crainte de la hart ou du fagot, allaient s'asseoir sur les escabeaux des grandes salles des castels, ou adossaient leurs tréteaux aux piliers des halles pour débiter force plaisanteries, force épigrammes assaisonnées de jeux de mots, de coq-à-l'âne, de calembourgs sur le compte de Mme la Vierge, de messeigneurs les saints, du pape, des moines, des nonnes, du roi, des grandes dames et des hauts barons; — ne se faisant faute, du reste, d'écouter aux portes, de regarder par-dessus les murs des cloîtres, des palais et des tourelles que leur malice frondeuse avait changé en habitations de verre, et cela avec une verve et une audace dont le dix-huitième siècle et le nôtre, tout impurs qu'on les dise, n'ont été que les plagiaires décolorées.

— Parbleu, mon cher enfant, puisque vous avez découvert tant de choses, je serais

bien aise que vous m'apprissiez comment il se
peut que de misérables calembourgs, de pitoyables épigrammes a████t pu étouffer de la
sorte le bon sens de tout un peuple pour le
porter, quelque excellente que fût une chose
d'ailleurs, à la trouver mauvaise du jour où
il plaisait à de méchans railleurs de la rendre
ridicule.

— Comment, abbé, c'est vous, un savant
théologien, un rude pousseur d'arguties, et
qui en rémontreriez, pour le dilemme et le
syllogisme, à tous les philosophes passés et
futurs, c'est vous qui me demandez d'où
vient la puissance donnée aux mots sur les
idées? Eh! mon cher abbé, elle sort de la soutane et du bonnet carré. Elle vient en droite
ligne de ces disputations interminables, de ces
grands coups oratoires, de ces grands assauts
de langue, que la scholastique avait si fort mis
en honneur au moyen-âge, à cette époque où
l'unité de la foi, et le salut et la damnation

dépendaient d'une conjonction, suivant qu'elle était copulative ou dubitative.

Etonnez-vous donc qu'à entendre les graves discussions des docteurs, à voir les querelles des clercs pour la pichenette, la croquignole ou la chiquenaude, qu'après avoir assisté à ces escrimes de langue où toutes les ressources de l'argumentation, tous les tropes de la rhétorique étaient mis en œuvre, le peuple, qui trouvait cela fort amusant et se rangeait du côté qui animait le mieux l'ironie, ait fini par ajouter aux mots plus de valeur qu'à la chose qu'ils représentent, et par croire que celui qui le faisait rire était celui qui avait raison? Etonnez-vous encore qu'il se soit alors présenté des gens qui, se voyant donner raison à si bon marché, aient trouvé plus commode d'aiguiser une épigramme ou de tourner un calembourg qu'on applaudit, que d'élaborer et de suivre un dilemme qui fait bâiller.

Aussi, les faiseurs et débiteurs de facéties et de joyeusetés ne lui ont pas manqué, à ce

peuple musard, et il existe, je vous assure,
une riche collection de manuscrits où les badauds du temps passé enregistraient ces quolibets, ces gais propos en apparence fort inof-
fensifs et qui, à force d'éjaculer le ridicule
sur tout ce qui était puissance ou supériorité,
devaient finir par n'en faire qu'un soliveau sur
lequel les grenouilles pouvaient sauter à l'aise.

Et l'œuvre marcha d'un grand train, lorsque
le calembourg et l'épigramme passèrent des livres dans la mémoire, et des salons dans la
rue et sur les théâtres en plein vent; lorsqu'au
son du tambourin ou de la trompette la foule
s'amusait au Pré-aux-Clercs, à la foire Saint-
Germain, sur le Pont-Neuf, à la Place-
Royale, autour des tréteaux des Jacques
Serre, des Tabarin, des Brioché et de leurs
plaisans devanciers de joyeuse mémoire. A
cette époque le peuple de France avait mieux
que les lazaronis de Naples et de Rome. La
statue de Pasquino était vivante, son seigneur
Polichinelle était de chair et d'os, et s'ani-

mait par la vivacité des répliques et des applaudissemens. Volant de bouche en bouche, les lazzis, les bons mots faisaient éclater ce franc et gros rire du peuple que messeigneurs du Louvre ne dédaignaient pas de continuer dans les longs corridors et qui, plus d'une fois, allèrent assez désagréablement chatouiller les oreilles royales, attendu qu'on n'avait pas encore inventé contre lui la censure, assez mauvaise invention, du reste, qui, flanquée autrefois des lettres de cachet et de la Bastille, et aujourd'hui des réquisitoires et de Sainte-Pélagie, n'a jamais empêché le rire et n'a fait que le rendre plus fou, plus communicatif et mieux nourri.

Vient enfin le siècle railleur, le siècle spirituel par excellence, celui à qui il était donné d'achever l'œuvre de destruction commencée par les siècles précédens.

Voyez en effet comme il était bien posé pour faire sa besogne, ce dix-huitième siècle ! comme il venait bien en son temps !

Les parades de la Ligue, tout en portant un rude coup à la gent ayant capuchon de moine ou soutane de prêtre, avaient merveilleusement aidé la cause de la réforme. Les espiégleries de messieurs les raffinés, qui n'opposaient que des piqûres d'épingle aux larges entailles du couperet de Richelieu, avaient fort discrédité la puissance féodale. Les mazarinades de la Fronde l'avaient rendue ridicule, alors que l'on voyait de hauts et puissans seigneurs déserter leur foi politique pour un nœud de rubans, et passer du côté où l'artillerie des bons mots était le mieux servie. Plus tard, elle s'était éclipsée dans les antichambres de Versailles, devant le soleil et la devise fastueuse du maître : *Nec pluribus impar.* Et ce fut bien autre chose vraiment, quand la régence et le Parc-aux-Cerfs eurent passé par-là.

Comme on le voit, il restait peu de chose à faire pour que le ridicule déversé sur le prêtre rejaillît sur la religion ; pour que la boue

jetée au visage de la noblesse éclaboussât la
royauté.

Dieu et le roi n'attendirent pas long-temps.

Il y eut alors une société folle, légère, rieuse,
coquette, de gentilhommes, de marquises, de
petits-abbés sentant le musc, se poudrant les
cheveux, et mettant des mouches au visage,
du rose sur les mains; une véritable fille de
joie gaspillant sa vie, jetant son esprit par les
portières de ses carrosses, et son honneur par
les fenêtres de ses boudoirs. Or, à une société
ainsi faite il fallut un langage minaudier et
sans logique, comme il lui fallut des arts ma-
niérés et faux. Elle eut des poètes qui lui mirent l'amour en madrigaux et les vertus en
bouts-rimés; et des peintres qui lui firent des
graces en paniers et des amours en bas de
soie et en talons rouges. Ainsi je vous laisse à
penser, au milieu de cette foule sans raison,
quel déluge ce fut de bons mots et d'épigrammes! comme on se riait agréablement de
tout ce qui aurait dû être tenu en dehors du

cercle rieur! C'était un feu roulant de tirail-
leurs en robe rose, en habit rose, en petit collet, tout pimpans, tout sautillans, tout frisés,
tout enamourés; c'étaient les postes avancés
qui couvraient le travail plus sérieux que les
encyclopédistes avaient attaché au pied de
l'édifice pour le faire sauter. Large débauche
de l'esprit rieur et paradoxal! Ronde immense
qui tournoyait au branle de la voix de Voltaire, dont la bouche était un ressort toujours
prêt à se détendre pour lancer l'ironie et le sar-
casme. Ronde de fous qui un beau jour, conduite par Beaumarchais, alla, toujours roulant
et riant, tomber dans un gouffre que quelques-
uns appelèrent une révolte, mais que de mieux
avisés nommèrent une révolution. Les premiers, le croiriez-vous, ont long-temps été à
ne voir là-dedans qu'un jeu de mots, un calembourg... Dieu leur pardonne!

Dites-moi, ne vous sentez-vous pas saisi au
cœur d'une pitié profonde pour ce vieux peuple de France, lorsque, n'ayant pas compris

que pour avoir couru après la réputation de peuple le plus spirituel et le plus léger de la terre, il a laissé tomber ses autels et ses dieux, vous le voyez encore s'amuser à rire au nez des démolisseurs, quand il aurait dû songer à chercher des bases pour la société nouvelle qui devait surgir des débris de l'ancienne. C'est ce qui arriva cependant : il se trouva un homme qui poussa le cynisme de l'esprit jusqu'à élever un *Journal des rieurs* en face de la guillotine. On trouva plaisant de retourner le sens des mots avec l'accusateur public, qui riposta en appelant crime ce qui était vertu ; on lançait des épigrammes au bourreau, qui, lui, pour dernière réplique, lançait dans la foule une tête coupée.

Vous croyez bien, n'est-ce pas, qu'à cette fois le calembourg et l'épigramme, qui avaient depuis des siècles tué tant de choses, furent tués à leur tour : eh bien! du tout. Ce fut la guillotine qui tomba. Quand son grand pourvoyeur ne fut plus là pour la faire respecter, le ridicule la démolit pièce à pièce; et, mieux que le sang infiltré dans l'acier, il en rouilla le triangle. Dès ce jour, et grâce à la *jeunesse dorée,* plus que jamais l'esprit du calembourg fut en honneur parmi nous. Napoléon, qui avait trop de génie pour l'estimer, et trop d'esprit pour n'en pas comprendre la portée, voyant qu'il avait une si grande puissance de destruction, le prit au sérieux; il lui fit la cour; il le choya, le pensionna, l'enrubana, et ce ne fut pas, je vous jure, un spectacle peu comique, que de voir un si grand capitaine, qui avait dormi d'un bon sommeil la veille de la bataille d'Austerlitz, qui avait à ses ordres une nuée de poètes et de censeurs, se promener à grands pas dans son palais des Tuileries, s'inquiéter de ce qui s'était dit au théâtre privilégié du calembourg, presque autant que d'une rouerie diplomatique; ne trouver un peu de repos et ne se croire vraiment empereur, que lorsqu'il avait riposté par les verroux de la Force et de Sainte-Péla-

gie aux facétieux propos de Brunet et de Bo-
bêche.

Je ne sais pas, mon respectable ami, si
le calembourg aurait à la longue suffi pour
user l'empereur, et je regrette de tout mon
cœur que pour la moralité du caractère français, messieurs les Cosaques ne nous aient pas
permis de faire cette expérience sur un homme
d'une constitution si robuste, mais ce que je
sais, c'est que l'épigramme usera votre restauration, mes chers messieurs.

Vous vous récriez, soit; mais voyez-vous,
pour la continuer, elle veut ramener sa société
française au point où la révolution l'avait
trouvée; il s'ensuivra qu'en reprenant l'épigramme au point où l'ont laissée Voltaire et
Beaumarchais, il se trouvera des gens qui la
feront marcher côte à côte avec la société, et
qui, continuant l'œuvre de ces terribles railleurs, exerceront la même influence et arrive-
ront aux mêmes résultats.

— Oh! oh! dit l'abbé en riant, et combien

de temps, selon vous, faut-il à l'épigramme
pour arriver là?

, — Mais, abbé, je donne quinze ans.

— Ni vous ni moi ne le verrons, reprit
l'abbé.

— Peut-être, dit sourdement Alfred.

La conversation en était là , et, comme on
voit, à la fin, lorsqu'une grande rumeur se fit
à l'extrémité du salon. Emilie venait de tomber sans connaissance dans les bras de sa mère
qui, redoutant les interprétations, s'évertuait
à dire :

— Mon Dieu, c'est la chaleur du salon, il y
a tant de monde.

Les regards se reportèrent sur Alfred, qui
resta impassible et comme disposé à reprendre
sa causerie quand le silence serait revenu.

On avait été un peu dérouté par le sang-
froid d'Alfred au premier moment de son entrevue, l'étonnement avait redoublé en l'entendant parler avec tant de présence d'esprit
d'une chose toute contraire à ce que l'on

croyait être l'objet unique de ses préoccupations secrètes. Mais les curieux jetèrent leur langue aux chiens lorsqu'on le vit si maître de soi en présence de la faiblesse d'Emilie.

— C'est singulier, disaient les imbécilles qui ne savent se rendre compte de rien.

— Il ne l'a jamais aimée, disaient les femmes qui jugent du cœur par le visage, et de l'amour par l'expression.

— Ce n'est pas naturel, disaient ceux qui, ne voulant pas perdre leurs frais d'imagination, persistaient à croire que la froideur d'Alfred devait amener quelque chose.

IV.

LA FÉNÉTRA DE SAINT-CYPRIEN.

——————

A l'époque où saint Sernin vint convertir
Toulouse à la foi chrétienne, d'autres disent
au temps où l'hérésie des Albigeois triomphait
dans cette ville sous la bannière du comte Ray-
mond, les néophites, les chrétiens restés purs,

pour échapper à la surveillance active de leurs persécuteurs, avaient des lieux de rendez-vous qu'ils changeaient tous les dimanches , et où ils venaient parler de leurs malheurs ou de leurs espérances. C'était surtout dans le carême, aux approches du temps de Pâques, que ces réunions étaient solennelles, et les promenades qui avoisinent les faubourgs de la ville en devenaient tour-à-tour le théâtre.

Plus tard, lorsque la propagation et le triomphe de la foi eurent mérité à Toulouse le nom de ville Sainte que vous lui savez, ces lieux de réunions continuèrent à être fréquentés aux anniversaires du carême. Bientôt l'usage et la mode perpétuèrent dans les faubourgs de la ville, pour les changer en fêtes et en joies mondaines, ces assemblées qui étaient nées de l'esprit de prosélytisme et de foi. Le nom qu'elles portent vient du mot d'ordre et de ralliement par lequel ces premiers chrétiens s'abordaient pour se reconnaître : La *foi naîtra* disaient-ils dans leur ferme espérance, et par corruption aujourd'hui on dit : Fénétra.

C'est ainsi qu'à Paris, l'antique et pieux pélerinage à l'abbaye de Long-Champ, durant trois jours de la semaine sainte, n'est plus aujourd'hui qu'une occasion, pour le luxe et la mode, d'étaler leurs caprices et leurs extravagance, — tant le diable se plaît à faire tourner à notre perdition ce qui, pour nos pères, était une voie de salut.

Avant 1814, la Fénétra du faubourg Saint-Cyprien était celle pour laquelle les Toulousains réservaient l'élégance de leurs toilettes et de leurs équipages, car elle était la dernière et avait lieu le lendemain du jour de Pâques. C'est en province, dans la Gascogne surtout, le jour fixé pour le renouvellement et les modifications des costumes, dût-on les porter jusque-là, vaille que vaille. Pour ce jour, les enfans sont habillés à neuf de la tête aux pieds; pour ce jour, l'accorte et piquante grisette, au langage si naïf et si musical, et au pied si mi-

gnon, réservait sa belle coiffe de batiste brodée, dont le sommet s'arrondit en cimier de
casque, avec la double rangée de maline plis-
sée, à travers laquelle scintillent les feux de sa
noire prunelle, comme l'œil vif de l'Espagnole
à travers les réseaux de la mantille. Ce jour-là
elle mettait le cotillon de basin blanc que recouvre un tablier de cotonnade rouge ou de
soie violette, festonné à dents de loup ou bordé
de belle blonde noire; le tout attaché à un
casaquin de velours, sur lequel tombe une
grande croix d'or, au bout d'un long ruban
qui est fixé au cou par un coulant ayant la
forme d'un cœur, en or aussi, et dont les bouts
longs et flottans pendent coquettement sur
les épaules que recouvre un fichu d'indienne
blanc ou bariolé de larges rosaces.

Pour ce grand jour encore, le *trouski* cam-
pagnard qui, durant les vendanges, avait voi-
turé la famille du procureur ou du conseiller
sur quelques arpens de vigne qu'elle possède,
avec un pigeonnier et une maison en terre, ba-

digeonnée à l'ocre et au blanc d'Espagne, dans
les communes de la Lande, de Cagueloule ou
de l'Ardenne, était peint à neuf, vernis à neuf,
et avec le jardinier ou le maître-clerc pour co-
cher, allait fièrement prendre la file dans la
longue avenue bordée de maisonnettes et de
jardins qui aboutissent aux deux rives gauches
de la Garonne. On dirait la corde de l'arc
qu'en cet endroit forme le fleuve, et sur laquelle la grande rue de Saint-Cyprien, et le
pont de pierre avec ses grandes arches, sem-
blent se poser comme une flèche.

Deux années auparavant, pour d'inutiles
barricades, l'armée française avait jeté bas les
grands arbres qui, de ces belles et longues al-
lées faisaient quatre murs de verdure que sur-
montait un dôme sombre, et qui laissaient voir
à leurs deux extrémités pour bornes de l'hori-
zon, d'un côté la chaîne blanche des Pyrénées
contre laquelle elles paraissaient s'appuyer,
et de l'autre, le soleil couchant qui en faisait
ressembler le fond à la gueule béante d'une

fournaise en feu. Néanmoins la Fénétra de Saint-
Cyprien, en 1816, se montra brillante de foule et
de parure. C'est que les Toulousains avaient à se
dédommager des privations imposées par les
deux années précédentes. En 1814, en effet,
le canon, qui le jour de Pâques avait grondé
autour de la ville et sur les hauteurs de Guil-
leméry, avait peu disposé les habitans à se parer et à se divertir; et en 1815, les nobles dames du pays, pour protester à leur façon contre
le triomphe passager de l'empereur, avaient
laissé dans leurs cartons et sous la remise leurs
carosses et leurs toilettes, conspirant ainsi la
ruine des marchandes de modes et de nou-
veautés.

Mais, en 1816, les royalistes étaient tous venus
à la Fénétra pour prendre une éclatante revanche, et ils dépensèrent en luxe et en air de victoire
les économies et les bouderies des deux autres
années. Ce fut comme une ovation de parti.
Madame de Chavardès et sa fille, la tête chargée
de lis, affublées de rubans verts, comme c'é-

tait la fureur parmi les gens bien pensans, se
faisaient remarquer dans l'élégante calèche qui,
sept ou huit mois auparavant, avait eu l'honneur de promener par la ville la malheureuse
fille de Louis XVI. L'élite de la jeunesse toulousaine, renommée alors par son dévouement
à la bonne cause, sinon pour le bon goût de
son costume et l'élégance de ses manières, parlant haut, gesticulant à outrance, chevauchait
autour de la voiture, comme elle pouvait, en-
fourchée à la française sur des chevaux du
pays, à tous crins.

Les rangs de cette turbulente cavalcade
s'éclaircirent peu à peu, et bientôt il ne resta
aux portières de la calèche que deux jeunes
gens, dont l'un montait un superbe andalou
noir, impatient du frein qu'il blanchissait
d'une écume que les mouvemens de son cou
nerveux fesait rejaillir sur son poitrail. A voir
Alfred ainsi empressé, et se livrant avec madame de Chavardès à une causerie rieuse, on
se demandait si le mariage rompu n'était pas

sur le point d'être renoué; mais cette pensée ne paraissait plus qu'une folie, quand on voyait à l'autre portière, le fiancé dont la veille on avait publié les bans, l'air triomphant, engagé avec Emilie dans une conversation dont de tendres regards faisaient assez deviner les termes.

On se perdait en conjectures; mais bien certainement ce n'était pas de renouer un mariage qu'il s'agissait.

La soirée passée chez les demoiselles Bessières, et où Alfred avait paru si froid, si peu affecté de la perte de ses amours, ou du moins si maître de lui-même, à supposer que son cœur en fût blessé, avait opéré chez madame de Chavardès, une réaction assez ordinaire dans l'esprit des femmes. Elle ne

voulait plus sans doute Alfred pour gendre,
et il eût rampé à ses genoux qu'elle fût restée
inexorable; mais elle ne s'attendait pas à ce
qu'il en prît aussi cavalièrement son parti; et
quand elle se vit de la sorte enlever tout le
plaisir de vengeance qu'elle s'était promis de
cette humiliation, son amour-propre fut piqué
au jeu. Elle se mit en frais pour que sa fille
parût plus belle et plus aimable que jamais,
espérant peut-être que, malgré lui, Alfred
laisserait découvrir dans son cœur une corde
prête à résonner encore sous la main de l'a-
mour, quitte à se donner le cruel plaisir de la
briser plus tard.

Emilie, elle, malheureuse de cette indifférence dont elle n'avait pas deviné l'affectation,
pleura sur des illusions évanouies, et, mettant
son orgueil à cacher au fond du cœur des
tourmens et des larmes qui l'humiliaient, elle
ne laissa lire sur son visage que de l'amour et
du bonheur pour son nouveau fiancé. Ainsi,

se trompant l'un et l'autre, Alfred et Emilie élargissaient eux-mêmes chaque jour l'abîme que madame de Chavardès avait creusé entre eux.

———

Lorsque la voiture pour la seconde fois fut arrivée au bout de l'avenue qui s'embranche avec la route de Muret, on entendit madame de Chavardès qui disait :

— Ainsi donc, Alfred, vous nous servirez de *cicérone* ?

Puis Alfred qui, le chapeau à la main, et retenant son cheval, ayant sur les lèvres un sourire inexprimable, répondait :

— Oui madame, à demain.

Il traversa la file de voiture et s'élança ensuite au galop dans un de ces petits sentiers qui conduisent aux nombreux jardins dont

est morcelée cette partie de la plaine de la
Garonne. Après quelques minutes, Alfred ra-
lentit sa course, et bientôt il s'arrêta et descendit devant une petite maison, bâtie en briques et en terre, et dont, selon l'usage du
pays, les bords du toit en pente et recouverts
de tuiles rouges, ne sont élevés que de quatre
ou cinq pieds au-dessus du sol.

— Vous avez bien tardé, monsieur Alfred,
lui dit un homme d'une cinquantaine d'années, qui en le voyant approcher ôta une pipe
de sa bouche, et, comme un vieux soldat qu'il
paraissait être, porta, pour saluer le jeune officier, le revers de sa main droite à un bonnet
de police usé, hormis sur le devant, à une toute
petite place, là où le neuf du drap accusait
encore la forme d'un aigle, qui long-temps
sans doute y avait été cousu.

— C'est vrai, Jacques, que j'ai un peu
tardé. Est-ce que tu ne serais plus seul?

— Si, capitaine, mais pas pour long-temps,
ma femme va rentrer.

— Bah! nous aurons bientôt fait, Jacques.
Aimes-tu toujours l'empereur?

Jacques ne répondit pas ; mais revenu de
l'étonnement que cette question à brûle-pourpoint lui avait causé, après avoir examiné le
visage d'Alfred pour s'assurer qu'elle était faite
sérieusement, et satisfait sans doute du résultat de son examen, il ne fut plus maître de
son émotion. Une grosse larme lui vint aux
yeux, et il serra fortement la main d'Alfred.

Celui-ci n'eut pas sans doute besoin d'une
réponse plus catégorique pour savoir à quoi
s'en tenir, car il ajouta après avoir rendu le
serrement de main :

— Eh bien! Jacques, il va revenir.

— Ah! je le disais bien, moi, qu'il ne laisserait pas ses enfans à la merci de... Enfin,
suffit !

— Oui, mais il faut lui prêter ton aide.

— A la minute, capitaine, j'ai encore mon
sabre et ma carabine. Là, tenez, voyez-vous,
au chevet de mon lit de serge, toujours asti-

qués et luisans comme à la parade, et affilé comme pour une charge.

— Fort bien, mon vieux camarade, tu sauras que Grenoble et Lyon vont commencer la danse.

— Ces braves villes, je les reconnais bien là. c'est comme au retour de l'île d'Elbe.

— Nous, à Toulouse, il faut nous défendre de tout l'état-major de la garnison, et de ces messieurs brodés et empanachés qui ont déserté la cause de l'empereur, et vendu le pays et nous avec lui.

— Certainement qu'il faudra s'en défaire. Voyons, comment nous y prendrons-nous, capitaine?

— Voici le plan arrêté.

Alors le capitaine et le soldat se levèrent et entrèrent dans un petit jardin clos de haies vives et de branches mortes, comme s'ils avaient jugé que cet espace ou leur vue pouvait s'étendre à l'aise, devait plus que les murs d'une maison les mettre à l'abri d'une surprisé. Certes, nul ne pourrait répéter ce qui fut dit là, car le soldat et le capitaine étaient si rapprochés que le vent même n'eût pu se glisser entre l'oreille de l'un et la bouche de l'autre, pour saisir au passage et porter plus loin des paroles qu'à la contenance des deux interlocuteurs on pouvait croire terribles. Seulement, après quelques minutes d'entretien, Alfred et Jacques revinrent à leur place devant la maison, mais ils ne parlaient plus. Jacques était d'un sérieux glacial, presque pâle et le regard rêveur fixé sur la terre. Oh! il y avait une lutte dans son ame.

Enfin Alfred rompit le silence.

— Tu recules, mon vieux camarade, dit-il à Jacques.

— Monsieur Alfred, si je n'avais pas ma bonne Françoise et mon petit Jules, le filleul de votre digne et respectable mère, vous verriez si j'ai peur.

— C'est juste, Jacques, mais on y a pourvu. En cas de malheur, voici un acte qui assure à ta femme et à ton fils une pension viagère de mille francs.

— Ah! ma Françoise et mon fils n'auront plus besoin de moi pour avoir du pain cuit sur la planche. Donnez-moi votre main, cap i- taine, — et il lui tendait la main. — Je suis votre homme, et vive l'empereur!

— A la bonne heure, je te reconnais, Jac- ques. Et il remit avec précaution au vieux soldat une petite boîte que celui-ci renferma soigneusement dans son sein.

— Cependant, M. Alfred, j'ai des chagrins. Il y a dans la fabrique, avec moi, une dou- zaine de braves gens, et j'ai le cœur qui me saigne, rien que de penser que le lendemain, votre serviteur; il n'y aura plus personne.

— Est-ce que pour sauver l'armée, l'Empe- reur ne sacrifiait pas un régiment?

— C'est vrai, capitaine; je n'y pensais plus. D'ailleurs, je ferai route avec eux, et vous y serez; il me semble qu'ils n'auront rien à dire

— Souviens-toi bien de mes instructions,

Jacques, et il ne vous arrivera rien, entends-tu?

— C'est convenu; quand je verrai un plu-met rouge passer le bac, j'irai ouvrir la porte du magasin, et puis... — ici, Jacques baissa mystérieusement la voix, et à peine fut-il en-tendu du capitaine. — Ensuite, continua-t-il plus haut, j'appellerai mes hommes, le plus que je pourrai, sans éveiller les soupçons; nous nous coucherons sur l'herbe, sous pré-texte de boire quelques bouteilles de vin, et... et, ma foi, au petit bonheur! sauve qui peut, c'est votre affaire.

— C'est cela, Jacques. Allons, adieu, et embrasse moi.

— Et votre mère, M. Alfred?

— Et l'empereur, Jacques? Aujourd'hui comme toujours, lui avant tout.

Il remonta à cheval, et partit au galop comme il était venu.

— En voilà un fameux, et qui ne boude pas, disait le vieux soldat, en voyant la vitesse

avec laquelle s'éloignait le jeune officier. Dieu
de Dieu! si le petit caporal en avait eu quelques milliers seulement, comme celui-ci, du
diable si jamais Anglais et Cosaques... enfin,
puisqu'il va venir, nous prendrons notre revanche.

Et comme si une idée douloureuse se fût
jetée à travers ces espérances, Jacques ajouta,
en essuyant brusquement ses yeux du revers
de sa main :

— Pauvre M. Alfred!

V.

LA PROMENADE.

— Qu'avez-vous donc, maître Jacques? votre mine est terriblement sombre. Est-ce que la femme est malade? est-ce que cela ne va pas aujourd'hui.

— Comme à l'ordinaire, mon garçon, seulement, je réfléchis que la besogne que nous faisons ici n'aura pas le ·sens commun, tant qu'elle ne servira pas à payer les frais de guerre à messieurs les alliés, au lieu de nous les tirer de la poche comme on fait.

— Ça, c'est vrai, contre-maître! du temps de *l'autre*, c'est avec ce qui se fabrique ici que nous réglions nos comptes avec l'étranger; et du diable si le Russe ou l'Autrichien nous demandait jamais son reste; il nous donnait toujours quittance. Tenez, Jacques, quelque chose me dit que ça ne peut pas durer longtemps.

— Non! que ça ne peut pas durer longtemps. Je vous en réponds, moi!

— Sauriez-vous du nouveau, Jacques?

— Eh! eh! peut-être... oui!

— Oui, vous en savez. Contez-nous le donc, pour nous donner du cœur à l'ouvrage.

— Plus tard, mon brave, plus tard; après midi, sur l'herbe? en faisant sauter le cou à quelques bouteilles de Villodrid; c'est moi-qui le traite.

— En quel honneur donc? Est-ce qu'il y a fête aujourd'hui.

— C'est selon; voyez-vous. D'abord vous saurez que vers trois heures nous devons recevoir une fameuse visite.

— Quelle visite ?

— Eh pardieu! tous ces farceurs qui ont trahi et laissé confisquer l'autre; ces graines d'épinards, ces habits brodés, ces beaux messieurs officiers d'antichambre qui se sont accommodés bras dessus. bras dessous avec les alliés, au lieu de leur crever le ventre pour en faire une lunette : quoi encore ! l'état-major de la division, sans compter le colonel des verdets et toute leur satanée boutique d'espions et de voleurs que je voudrais savoir à tous les diables.

— Pas si haut, Jacques, nous ne sommes pas tous des bons ici; et dans l'atelier à côté il y a plus d'un *blanc* qui, au confessionnal, s'occupent plus des péchés des autres, qu'ils appellent des *bleus*, que des leurs, voyez-vous ? Oui, votre place, contre-maître, fait bonne envie à plus d'un de ces hypocrites mouchards.

— C'est bon, mon ami, c'est bon ! mais que celui-là se cache bien à la procession sous son capuchon de pénitent, car si je peux lui voir seulement les deux yeux, je lui promets, foi de vieux soldat, que je le ferai monter au ciel sans échelle.

— Nous vous aiderons, Jacques.

— Merci, mes braves ! ce n'est pas de refus dans l'occasion. Mais voici deux heures, à l'ouvrage, allons, tous. Arrive ici toi, Joseph. Pendant que je vais faire ma tournée dans l'atelier, tu vas grimper là-haut, tu regarderas du côté de la ville, et quand tu verras venir un officier de hussards avec un colbach et son plumet rouge, tu m'avertiras, entends-tu ? et puis tu iras passer le bac de l'autre côté.

A ces mots, un enfant d'une quinzaine d'an-

nées monta à la chambre du contre-maître.
Jacques alla faire sa tournée, et chacun se mit
à sa besogne.

Tout ceci s'était dit et fait au milieu du
bruit de roues, de cylindres, de marteaux et
de creusets qui fonctionnaient avec une merveilleuse activité, et à travers lesquels on
voyait se mouvoir des hommes aux bras et aux
pieds nus, dont la couleur de visage avait disparu sous l'uniformité d'une teinte noire et
épaisse, rendue presque indélébile par les
émanations corrosives des matières qu'ils met-
taient en œuvre. C'était dans un atelier
autour duquel s'élevaient incessamment de
noires et chaudes vapeurs, et bâti dans une île
verte et ombreuse, d'où le vent emporte le
soir un bonne odeur de trèfle et de sainfoin.

Cette île est située au midi de Toulouse,
aux lieux même où commence la chaîne des
coteaux de Pechtavid auxquels les montagnes
de Saint-Gaudens servent de prolongement, et
dont les crêtes se mirent dans les flots de la

Garonne qui baigne leurs pieds. Elle regarde la façade du moulin du Château, dont un bras du fleuve la sépare, et dont les murailles encore crénelées annoncent que jadis ce moulin fut un ouvrage avancé, une tête de fortification pour défendre la ville en avant de la rivière. Le même bras de la Garonne la sépare de l'extrémité du faubourg Saint-Michel où une population laborieuse et pauvre fourmille, hâve et déguenillée, dans des maisons de terre et de paille dont le plâtre en dehors déguise mal les fissures. C'est de là qu'elle sort, avant le lever du soleil, armée de grapins de fer, pour gagner le pain de la journée à démolir et à élever en bûchers les radeaux de marins et de bois flottés qui descendent des Pyrénées et s'arrêtent devant les huttes, dont chaque année les inondations envahissent le seuil et rongent les fondemens.

Cette île dont la pointe en aval sert d'appui à la chaussée du moulin du Château, et que la Garonne étreint de ses deux bras, est d'un

abord que la nature et l'art ont rendu difficile.
Dans des temps de trouble, un cordon de sentinelles en interdit l'accès à la malveillance et
à la curiosité. Là, divisée en trois corps de bâtimens isolés, est bâtie la poudrière de Toulouse, vaste fabrique qui a fourni son bon
contingent de poudre et de cartouches aux
guerres de la république et de l'empire, et
aux feux d'artifices tirés quinze ans en l'honneur de nos victoires.

— Jacques! Jacques! cria bientôt le jeune
ouvrier placé en vigie, voici le plumet rouge
qui vient au galop.

— C'est bon, Joseph! répliqua le contre-
maître. Passe le bac et ramène nos visiteurs.

Cela dit, les ouvriers virent à travers les arbres le contre-maître qui courait vers l'extrémité méridionale de l'île où s'élève le grand
magasin.

Le jeune ouvrier de son côté sauta gaiement
dans le bac. Il laissa retomber avec fracas la
chaîne de fer qui l'amarrait aux saules. Il

poussa au large et on entendit crier la poulie
qui roulait sur le câble tendu d'une rive à l'autre, et le long duquel glissait le lourd bateau
qui, ainsi retenu, luttait sans effort de gaffe
ni de rames contre le courant qu'il fendait en
droite ligne.

Le bac toucha terre au moment où, revêtu
de l'élégant et riche habit de capitaine de hussards, un jeune officier était descendu de cheval pour offrir la main à deux dames, qui
adressant une moue moitié badine à ce costume factieux, s'élancèrent d'une calèche que
l'officier paraissait avoir escortée plutôt que
devancée. A la suite de ces dames il sortit aussi
de la voiture un jeune homme qui échangea
avec la plus jeune un regard d'intelligence et
de tendresse.

— Allons, mesdames, dit le jeune officier,
amnistie encore aujourd'hui pour ce pauvre
habit que je ne mettrai plus, et que je porte à
cette heure à mon corps défendant, car je lui
ai fait traverser une population fort peu hos-

pitalière aux souvenirs et aux hommes des temps que cet habit rappelle. Mais ici il sera le bien venu, il nous ouvrira toutes les portes qui seraient restées closes, à moins d'une permission écrite, signée et contresignée de monsieur le général, de monsieur le commandant de la place, de monsieur le colonel d'artillerie de monsieur le directeur des poudres et salpêtres, et d'une foule d'autres messieurs auprès desquels je suis peu en bonne odeur d'orthodoxie politique. Or, vous êtes de trop bonne compagnie, mesdames, pour exiger que je leur doive quelque chose quand je peux me passer d'eux.

— Mon Dieu, Alfred, toujours des préventions contre les officiers de sa majesté. Oh! mais nous vous convertirons, n'est-ce pas, Emilie? dit madame de Chavardès à sa fille, qui ne répondit point, baissa les yeux, et hocha lentement la tête de cet air réservé qui semblait dire : moi, je n'ai à cela nulle prétention.

Alfred parut légèrement ému de l'intention marquée que dénotait ce mouvement; mais se remettant bientôt, il s'écria d'un ton moitié grave, moitié badin :

—Hélas! hélas! j'aime fort mon péché, et j'ai bien peur de mourir dans l'impénitence finale.

Frappant familièrement sur l'épaule d'Alfred, le jeune homme qui avait accompagné les dames dans leur voiture lui dit en riant :

— Prends garde, Alfred, ces dames ont opéré des conversions plus difficiles.

— Oui, Ferdinand, je le sais. La tienne, par exemple!

Ces paroles furent dites avec une telle rudesse dans la voix, une si visible intention de reproches qu'elles auraient trahi une profonde émotion et un dépit amer, si elles n'avaient été suivies de celles-ci proférées avec le ton le plus parfait de légèreté et d'indifférence :

— Mais que veux-tu, mon excellent ami, c'est l'amour qui a fait ce miracle... et tu le sais, ce grand saint n'en fait plus pour moi.

La rougeur monta à trois visages ; il y eut un long silence. On n'entendit plus , mêlé au chant monotone et lent de l'ouvrier, et au grincement de la poulie de fer sur le câble, que le bruit du flot contre les flancs de la barque qui menait les passagers vers l'île. Chacun d'eux s'abandonnant à ses pensées, suivait d'un œil rêveur le cours rapide du fleuve.

La secousse qu'ils reçurent lorsque l'avant du bac glissa sur la grève, en les arrachant à leur rêverie, ramena leurs pensées au but de leur promenade. Avec elle revint aussi l'intérêt de curiosité qui l'avait fait entreprendre.

Au moment où ils débarquaient, Jacques se présenta. Lorsqu'il vit quels passagers lui arrivaient, qu'il n'attendait sans doute pas, en partie du moins, il ne put retenir une exclamation qui témoignait de sa surprise et de son désappointement. Mais un regard d'Alfred en arrêta vite une plus ample manifestation, et alors, tout en cheminant, il s'éleva entre le contre-maître et l'officier une conversation dont le ton baissait ou s'élevait suivant qu'elle se rapportait plus ou moins à celle de la veille.

—Ils ne viennent donc pas, dit maître Jacques.

— Hélas! non, ce sera pour une autre fois. Aujourd'hui, j'ai seulement compté sur ton obligeance, mon vieux camarade, pour me permettre de montrer à ces dames, et à mon excellent ami que voilà, les ateliers et les magasins de l'île.

— Certainement, monsieur Alfred, je suis tout à vos ordres. Est-ce que Jacques a rien à vous refuser?... Mais c'est pourtant dommage, j'avais si bien arrangé les choses. Du diable, capitaine, s'il s'en serait échappé un seul. Enfin ce sera pour une autre fois, à la volonté de Dieu.

— Bien, bien, Jacques! et Alfred lui serra la main. Jacques sans doute comprit le mouvement, il se tut et s'éloigna.

Quand il rentra dans l'atelier, les ouvriers s'aperçurent bien que le contre-maître avait

quelque chose sur le cœur, car il criait, ju-
rait, tempétait, s'en prenait à tout le monde,
disant que la besogne n'allait pas, qu'il en ferait son rapport, et qu'on se passerait du Villodrid qu'il avait annoncé. Lui, Jacques, dire
et annoncer tout cela, un si bon compagnon
d'ordinaire ! toujours plus disposé à se char-
ger des fautes de ses ouvriers qu'à leur attirer
des reproches des chefs, et quand il avait promis du vin, toujours prêt à en payer deux
bouteilles plutôt qu'une !!! Oh ! certainement
maître Jacques était profondément contrarié.

Depuis une demi-heure, Alfred et celui qu'il
appelait son excellent ami, et les dames qu'ils
accompagnaient, avaient quitté, pour s'aller
promener dans l'île, les ateliers où, en homme
du métier, le capitaine avait expliqué tous
les secrets de la fabrication de la poudre, depuis l'état de salpêtre pur jusqu'à celui ou elle
acquiert ce degré inflammable dont la plus légère étincelle détermine l'explosion. La mauvaise humeur du contre-maître, un moment

génée par leur présence, s'exhalait en toute liberté, lorsque celui-ci qui, les bras croisés,
arpentait à grands pas l'atelier, distribuant à
tort et à travers le feu roulant de ses reproches, s'arrêta tout à coup comme si un pas de
plus eût dû le faire tomber dans un gouffre.

Une pensée douée d'une singulière puissance dût lui passer soudainement dans la
tête, car il pâlit, et son regard devint fixe; il
porta convulsivement la main à ses cheveux,
et sa bouche entr'ouverte n'acheva pas un juron commencé. Puis, comme si une force irrésistible l'eût poussé en avant, il sortit de
l'atelier et se mit à courir dans la direction du
grand magasin, à l'extrémité méridionale de
l'île, vers laquelle trois quarts-d'heure aupa-
rant il avait été vu courant avec la même ra-
pidité.

— Malédiction! murmura-t-il, s'ils allaient
mettre les pieds sur... C'est qu'ils y passeraient
tous au moins.

Et il redoubla de vitesse.

Dans cet instant, sur le gazon, à l'ombre
que projetaient les branches étendues d'un
grand chêne, à quelques pas d'un édifice
carré, couronné d'un dôme d'où s'élançaient
longues et effilées les aiguilles de deux paraton-
nerres, et dont l'aspect, pour ceux qui n'en
auraient pas connu la position, était masqué
par de hautes herbes et des touffes épaisses
de jeunes arbres, quatre personnes étaient assises.

Un silence profond venait de succéder à leur
causerie qui, de frivole et de rieuse qu'elle
était d'abord, avait été habilement et peu à
peu ramenée par l'une d'elles sur un sujet
grave auquel leur destinée à tous se trouvait
liée.

C'est que depuis le moment où Alfred avait
quitté les bruyans et noirs ateliers, il n'était
plus l'insouciant discoureur dont le ton léger,
en sortant d'une église, avait trompé l'œil vi-
gilant et les alarmes d'une vieille et tendre
mère. Alfred n'était plus le complimenteur poli

et le brillant discoureur du salon des D^{lles} Bessières, ni le brillant cavalier de la Fénétra de Saint-
Cyprien, ni le téméraire officier de hussards qui,
au passage de la Garonne, après avoir bravé
toute la population Toulousaine qu'il avait
traversée au galop, demandait merci pour son
uniforme proscrit, ni l'obligeant et spirituel
démonstrateur des curieuses machines de la
poudrière. Non, ce n'était plus lui à cette
heure.

Lorsque loin de la foule, il ne trouva au
tour de lui que de grands arbres, et qu'il entendit à peine arriver à lui le bruit monoton
et affaibli des roues, des cylindres et de l'eau
qui tombaient en cadence; lorsqu'il se vit bien
seul, face à face avec ceux qui lui avaient si
outrageusement gâté sa vie, et pour qui, depuis son retour, il faisait, à toute heure, mentir ses yeux et son langage, oh! alors, un
bruyant soupir s'échappa de sa poitrine, expression d'une longue attente enfin satisfaite. Aussi,
après que par de nombreux détours, il eut

conduit Emilie, sa mère et le nouveau fiancé
aux lieux où ils se trouvaient, une joie singulière brilla sur son visage. Oh ! il était maître,
il était libre et fort, il redevenait soi avec son
amour trompé et ses haines.

Rassemblant toutes les puissances de son
intelligence, il savait tour à tour faire attein-
dre à ses paroles le plus haut degré d'amertume possible, ou d'indifférence complète.
Puis, il se prenait à se railler lui-même de ce
qu'il appelait sa sotte bonne foi, et à railler les
autres de leur fol espoir dans l'avenir. Souvent
c'était aussi une parole sèche et brève
qui tombait avec tout l'éclat de la colère.
Quelquefois, il se renfermait dans un morne
silence, et alors ses yeux étincelaient comme
ceux d'un tigre qui, prêt à s'élancer sur la
proie qu'il sait ne pouvoir lui échapper, la
contemple, la couve du regard, la fait se dé-
battre sous cette fascination de mort, se plaît
à en prolonger les terreurs et les espérances, et
ne diffère l'heure d'en finir avec elle que pour

exciter ses appétits de sang, en caressant
l'image des joies qu'il se promet, et des tortu-
res que souffre sa victime.

Bientôt, las de cette guerre de mots et de
ces piqûres d'épingles, tandis qu'il pouvait
frapper avec le poignard; las de cette vengeance muette qui s'accordait si peu avec la
fougue méridionale, et dont il sentait bien
qu'on ne comprenait pas toute la profondeur
tant qu'elle restait cachée, Alfred se leva subitement, pâle et ému. Il passa la main dans
ses cheveux qu'agitait la brise qui, à travers
les arbres, lui venait du fleuve; puis, debout,
les bras étendus, posé comme un poète qui
attend l'inspiration, il porta ses regards tour à
tour vers le ciel, sur les gazons, sur les coteaux que baigne la Garonne, et puis il les
reporta sur le groupe assis devant lui, comme
si d'un coup-d'œil il eût voulu embrasser tout
ce qui lui apportait un sentiment ou une idée.

— Oh! n'est-ce pas, dit-il enfin, que l'on
se sent heureux de vivre quand la nature est

si belle et si parée? quand le vent apporte aux sens les émanations odorantes du printemps qui les plonge dans de molles langueurs?

Emilie et Ferdinand échangèrent un regard d'approbation, et Mme de Chavardès tourna tendrement ses yeux sur sa fille.

— Oui, continua Alfred, je le vois, la vie ainsi vous semble bonne. Donc, il serait cruel, n'est-ce pas, de mourir à cette heure, de renoncer à contempler le ciel et si pur et si bleu? de ne plus entendre le rossiguol, de ne plus suivre sur le gazon le tremblement de l'ombre des feuilles, et de ne plus s'entretenir avec des pensées rêveuses et tendres, alors que l'âme qui chante en dedans ne trouve plus d'expressions sur les lèvres.

Ici Mme de Chavardès pressa Emilie contre son cœur, et Ferdinand baisa la main de sa fiancée.

— C'est bien cela, dit Alfred avec un rire sinistre; c'est bien cela. Vous êtes trois ici, et deux sont heureux par une seule et même

personne, n'aimant qu'elle seule. Mais si auprès de vous il était un homme qui ne dût
le malheur de sa vie qu'à celle qui vous rend
la vôtre heureuse? si à elle seule il avait ratta-
ché ses espérances et son avenir? si son image
était la seule qui l'eût soutenu dans d'éclatans
désastres? s'il n'avait eu qu'elle pour arrêter
son âme prête à lui échapper avec son sang;
et si, en retour, quand il ne lui demandait
que de garder les sermens qu'elle avait faits,
il la retrouvait inconstante et à moitié dans les
bras d'un autre? Oh! croyez-vous qu'il ne dût
pas être jaloux du bonheur dont cet autre ne
jouirait que parce qu'il le lui aurait volé?

Et puis, si l'ami, le compagnon de l'enfance
de cet homme, le confident de ses plus secrètes pensées d'amour, s'était, comme un lâche,
introduit dans le domaine de ses joies pour les
lui dérober, pour faire reporter à lui-même les
affections qui appartenaient à son ami... Oh!
dites, pensez-vous que cet homme, ainsi froissé
dans son amour et dans son amitié, se puisse

courber, résigné, sous les pieds égoïstes et
oublieux qui l'ont foulé?

Et ce n'est pas tout : Si avec sa fiancée,
avec son rival, cet homme tenait là, sous sa
main, la femme qui avait voulu de lui pour
gendre; la femme qui la première, en lui
donnant un, nom si doux, lui avait mis au
cœur cette passion dont le dénouement devait
être son ouvrage... Croyez-vous qu'il pût renoncer à faire payer à tous, et à la fois, les
larmes par les larmes, le désespoir par le désespoir?

Et si sa vie lui pesait, croyez-vous qu'il
voulût niaisement la quitter seul? Oui, n'est-ce
pas? pour que le lendemain, pendant qu'on
dirait la messe des morts à une chapelle, on
dit à celle de la vierge, pour la fiancée, la
messe des épousailles? Oh ! vous ne l'espérez
pas.

Et le regard d'Alfred était sombre et mena-
çant, et il riait d'un rire de démon. Et comme
domptés par cette fascination puissante, Fer-

dinand, Emilie et sa mère s'étaient levés tout
debout, pâles, la bouche entr'ouverte, les
yeux toujours fixés sur les yeux flamboyans
d'Alfred qui leur apparaissait comme l'ange
exterminateur.

— C'est bien! cria-t-il alors, vous voilà
groupés comme je vous voulais. Allons, don-
nez-vous la main, formez une chaîne dont je
sois un anneau; allons en branle! et que nous
partions tous ensemble!

Il dit et frappa fortement du talon de sa
botte sur une petite boîte à peine aperçue dans
l'herbe, mais qu'il avait long-temps examinée
en souriant. Une étincelle jaillit sous cette
brusque pression, et des milliers d'étincelles,
comme des feux-follets, scintillèrent, coururent dans le gazon et formèrent un sentier de
feu qui allait aboutir à la porte ouverte du
grand magasin.

— Oh! capitaine, qu'avez-vous fait? cria
Jacques qui arrivait halletant, que Dieu et
votre mère vous le pardonnent. Et voyant

bien qu'il n'était plus temps de retourner en
arrière, il regarda le ciel, fit le signe de la
croix, murmura une courte prière et se jeta à
plat ventre sur la terre.

Mais Alfred n'entendait pas, ne voyait pas
le pauvre Jacques. Il prit convulsivement la
main d'Emilie et l'entraîna vers le grand magasin. Vainement la malheureuse voulut se
retenir aux mains de sa mère et de son fiancé.
Sa mère et son fiancé furent entraînés avec
elle. Mais ils ne marchèrent pas longtemps, la
dernière étincelle de la trainée flamboyante
arriva sur le seuil du grand magasin; ce fut
alors comme la lumière subite d'un volcan en
éruption. Tout fut embrâsé à la fois : l'air,
l'édifice, les arbres et les herbes; et au loin la
ville, le fleuve et les côteaux. Des colonnes de
feu et de fumée, emportant avec elles des
pierres, du fer et des madriers, furent lancées
jusqu'aux nuages et retombaient en pluie de
feu et de cendres. Toulouse fut ébranlée jus-
que dans ses fondemens par une triple déto-

nation, semblable au fracas d'une ville entière qui s'écroule.

Lorsque attirés par ce bruit effroyable, les Toulousains vinrent du côté de l'île, ils ne virent plus les édifices qu'elle renfermait ; pas une pierre n'était restée sur une pierre. Soulevées par la commotion, les eaux de la Garonne, arrachées à leur lit, avaient été transportées dans un vaste gouffre creusé par l'explosion, et d'où l'explosion avait arraché les fondations et le corps du grand magasin. L'île était déserte ; on trouva un voile suspendu aux branches noircies d'un arbre dépouillé de son feuillage et de son écorce. Des enfans ramassèrent un fourreau de sabre tordu avec la lame comme s'il eût été tordu au feu d'une fournaise. Et pendant longtemps, loin, bien loin sur les routes et les plaines environnantes, on recueillit des débris d'hommes et d'édifices.

Quelques jours après que tout ceci s'était passé, aux pieds du lit de Mme de Royer qui se mourait de douleur, on amena une paysanne vêtue de deuil et un enfant que cette femme tenait par la main. Tous trois pleurèrent.

— Françoise, lui dit madame de Royer, je vais mourir, je vous lègue ma fortune, car vous n'avez plus de mari, et je bénis votre Jules, mon filleul, car je n'ai plus de fils.

Après les délais voulus par la loi pour l'ouverture des successions en cas d'absence ou de décès non constaté, les héritiers de madame de Chavardès et de sa fille, et ceux de Ferdinand, furent envoyés en possession de ces héritages.

Lorsque l'on demanda au général commandant la division si, comme le bruit en avait couru, il avait eu le projet d'aller, ce jour-là, visiter la poudrière. Il répondit que ce projet n'existait pas.

FIN DU PREMIER VOLUME.

JULES SANDEAU.

VIE D'HORACE DE SAINT-AUBIN,

COMPRENANT

LA DERNIÈRE FÉE,

par *Horace de Saint-Aubin*.

2 vol. in-8°.

ARSÈNE HOUSSAYE.

LA COURONNE DE BLUETS,

avec une Moralité et une Vignette, par THÉOPHILE GAUTIER,

1 vol. in-8°.

ALPHONSE KARR.

L'ILE DES SAULES,

2 vol. in-8°.

ALPHONSE BROT.

CARL SAND

(meurtrier de Kotzebüe.)

2 vol. in-8°.

EN VENTE:

DEUX SÉJOURS, par FRÉDÉRIC SOULIÉ, 2 vol. in-8. Prix: 15 fr.
JANE LA PALE, par BALZAC (sous le pseudonyme de *Horace de
Saint-Aubin*), 2 vol. in 8.   15 fr.
LE BANIAN, par ÉDOUARD CORBIÈRE, 2 vol. in-8.   15 fr.
LES SEPT INFANS DE LARA, par MALEFILLE, 1 vol in-8. 7 fr. 50 c.
UNE COQUETTE, par LÉON MARTINEY, 1 vol. in-8.   7 fr. 50 c.
MALFILATRE, par AMÉDÉE DE BAST, 4 vol. in-12.   12 fr.
L'ABORDAGE, par JULES LECOMTE, 2 vol. in-8.   15 fr.
DEUX MARTYRS, par FULGENCE GIRARD, 2 vol. in-8.   15 fr.
LES VOIX DU SIÈCLE, par VICTOR LEROUX, in-8.   6 fr. 50 c.
VENDREDI SOIR, par ALPHONSE KARR, 1 vol. in-8   7 fr. 50 c.
LIVIA, par EUGÈNE ROBIN, 1 vol. in-8.   7 fr. 50 c.

www.ingramcontent.com/pod-product-compliance
Lightning Source LLC
Chambersburg PA
CBHW070320030726
47505CB00004B/1041